Wie reagiert man, wenn man eigentlich nur in der Unterkunft eines Kunden für Ordnung sorgen möchte – und dabei nicht nur auf eine Leiche im Keller trifft, sondern noch ein weiteres Geheimnis entdeckt? Nein, so hat sich Trixie den Job bei Ben nicht vorgestellt ...

Mira Mandolf ist das Pseudonym der 1965 geborenen Autorin, die in ihrer norddeutschen Heimat lebt. Sie hat bereits erfolgreich mehrere Kurzgeschichten veröffentlicht.

Mira Mandolf

Abrakadabra -
Ausmisten gefällig

Magie ist alles, ohne Magie ist alles nichts

Roman

Bibliografische Information der Deutschen Nationalbibliothek:
Die Deutsche Nationalbibliothek verzeichnet diese
Publikation in der Deutschen Nationalbibliografie;
detaillierte bibliografische Daten sind im Internet über
http://www.dnb.de abrufbar.

© 2024 Mira Mandolf
Verlag: BoD · Books on Demand GmbH, In de Tarpen 42,
22848 Norderstedt, bod@bod.de
Druck: Libri Plureos GmbH, Friedensallee 273,
22763 Hamburg
ISBN: 978-3-7583-2901-2

*H*aase, Beatrix Haase. Ich bin die bestellte Aufräum-Fee", stellte die schlanke Frau mit dem goldblond gefärbten, sportlich-energischen Kurzhaarschnitt sich vor und reichte dem etwa Dreißigjährigen ihre Hand zur Begrüßung.

Mit seiner Reaktion hatte sie nicht gerechnet: Was mit einem Kichern begann, steigerte sich rasch zu einem Lachanfall, der seine lange, schlanke Gestalt durchschüttelte. Alles an ihm schien zu beben und seine Augen verschwanden fast in den Schlitzen, zu denen er sie zusammenkniff. Tränen machten sich auf den Weg seine stoppeligen Wangen hinunter, seine Lippen verzogen sich zu einem breiten Grinsen und sein Gesicht wurde zu einer Grimasse.

War sie, die Frau, mit der er einen Termin für das Ausmisten seiner Unterkunft ausgemacht hatte, bei einem Verrückten gelandet?, fragte sich Beatrix, von allen Trixie genannt. Schnell zog sie ihre Hand zurück und wich nach hinten aus, bis sie mit ihrem Hintern an den morschen Bretterzaun stieß, der die Veranda vor der Haustür umgab. Irritiert blieb sie stehen und verfolgte, wie der Hausherr dieser einst sicherlich prächtigen, doch längst in die Jahre gekommenen Villa am Stadtrand von Hannover sich vor Heiterkeit offenbar kaum noch zu helfen wusste. Was in aller Welt …

„Was habe ich denn gesagt, Herr …" Ich doofe Nuss

kenne nur seine Adresse, mehr hat Theo mir nicht verraten, schoss es Trixie durch den Kopf. Ich habe ihn leider auch nicht nach dem Namen meines Kunden gefragt, hielt sie sich selbst vor. Sollte ich immer machen, wenn mein Brüderchen ans Telefon geht und einen Termin für mich abmacht. Eigene Blödheit, nun steh ich vor meinem Kunden und hab keine Ahnung, wie der heißt. Wie peinlich.

Trixie schaute verstohlen auf das Türschild und bemühte sich, seinen Namen abzulesen. „Ben Ost ..." konnte sie noch entziffern, aber die übrigen Buchstaben war unter einer Schmutzschicht verborgen. Sauber wischen, das Namensschild muss doch lesbar sein! DAS müsste man als Erstes in Angriff nehmen, schlug ihre innere Stimme, die professionelle Trixie-Aufräum-Stimme, ihr vor. Kann doch kein Besucher wissen, wie dieser komische Kauz heißt, der in einer schlabbrigen, fleckigen Jogginghose samt ausgebeultem museumsreifen T-Shirt an der Tür erscheint und sich nun mit seinen Fingern die struppigen Haarsträhnen zurecht kämmt, die ihm in die Stirn fallen! Was bei dem auch nix hilft, dachte Trixie, halb amüsiert und halb verschreckt durch das ausgelassene Gelächter des Mannes. Bauchschmerzen hat er nun vom Lachen, erkannte sie, als er sich nach vorn krümmte und eine Hand auf seinen Leib presste.

Sie konnte sich seiner unbekümmerten Fröhlichkeit inzwischen selbst nicht mehr entziehen. Trixie spürte, wie ein Kichern in ihrer Kehle aufstieg, musste giggeln und prustete schließlich los. Sie wandte sich ein wenig ab und umklammerte schließlich mit ihren Fingern das wurmstichige oberste Holzbrett des Zaunes. Suchte Halt vor dem ihr unverständlichen Heiterkeitsausbruch des Fremden und spürte kleine Holzsplitter unter ihrer Haut.

„Haase", japste der Mann nun und räusperte sich. „Oster", meinte er dann und wies erst auf sich, danach auf das Namensschild. „Da fehlen E und R", erklärte er Trixie. „Oster-Haase, wenn wir uns nach der Heirat für Doppelnamen entscheiden, haha. Dann sind wir für die Ostereier zuständig", schob er hinterher und machte eine Miene, als wolle er sich erneut vor Lachen ausschütten.

Ach nein, wie lustig!, wollte Trixie schon abfällig antworten. War dieser durchgeknallte Typ vor ihr ein Fünfjähriger, der in einem ausgewachsenen Männerkörper steckte? Ein Lausebengel, der sich als Erwachsener ausgab? Seit ihrer Trennung von Lars hatte sie eine äußerst kurze Zündschnur im Umgang mit Männern, und wirkten die noch so sympathisch.

Zum Teufel mit solchen Typen, ging ihr durch den Kopf, und sie sah ihn verdrossen an. Wie ein Irrer sah er nicht aus, aber ... Sie wäre auf der Hut, allein mit diesem Mann in seiner Villa, ihm womöglich ausgeliefert. Er kennt jedes Schlupfloch, jede Nische, ich hingegen nicht. Leichte Beute für ihn. Ist mir körperlich überlegen – sie ließ ihre Blicke über seinen sichtlich durchtrainierten Körper schweifen, außerdem überragte er sie, die eher zu kurz geratene Frau, um Haupteslänge -, ich sollte mal Karateunterricht nehmen, sagte sie sich. ‚Sching Schang Schung' oder was die immer murmeln, behände zuschlagen, und das wär's mit einem Angriff auf mich, das scheinbar wehrlose Weibchen.

7

Vor ihrem inneren Auge entstand das Bild einer ganz in Weiß gewandeten Sportlerin mit einer Schärpe um die Hüfte, die ihren erreichten sportlichen Grad kundtat. Irgend'n Lappen um den Bauch binden kannst dir jederzeit, feixte da das lästige Stimmchen in ihrem Kopf. Halt den Schnabel, erwiderte Trixie. Mach dich nicht lächerlich. Doch das Stimmchen ließ sich nicht zum Schweigen bringen und sabbelte noch unverdrossen weiter, erzählte von Farbkombinationen und Mustern und was das alles auf solch einem Tuch aussagen würde. Kurz war es still, dann fuhr es fort: Wie gut, dass dein Brüderchen weiß, was der besondere Klingelton auf seinem Handy zu bedeuten hat!

Und, soll mich diese Feststellung beruhigen, oder was?, setzte Trixie ihr unhörbares Zwiegespräch mit der Stimme in ihrem Schädel fort.

Klar, denk mal nach, Mädel, riet die Stimme ihr. Du bekommst es mit der Angst, drückst umgehend auf die eingespeicherte Hilfetaste und gibst kurz deinen Standort durch. Theo fackelt nicht lange, die Polizei springt ins Einsatzfahrzeug und kommt dir mit Tatüü-Tataa zur Hilfe!

Hm, genau. Verstohlen tastete sie nach dem Gerät in ihrer Hosentasche. Es war da, immer griffbereit. Den nervtötenden Klingelton, bei dem sich mir die Nackenhaare aufstellen, den haben wir gemeinsam eingestellt, erinnerte sie sich, der gilt ausschließlich für Notfälle! Theo wird die 110 wählen, wenn er mich in Gefahr wähnt. Da ist er zuverlässig.

Trixie erinnerte sich an einige haarsträubende Erlebnisse in ihrem Job. Manche Männer hielten sie, die

Ordnungsfachfrau, offenbar für eine Expertin für ganz andere Dinge und kamen ihr bedenklich nahe.

Noch einmal lasse ich mich nicht wehrlos in eine Vorratskammer einsperren, wie es mir vor einigen Monaten passiert ist; mein Handy wird mich retten. Hoffentlich. Und Theo, mein älterer Bruder, mein Vertrauter, mein Quälgeist seit Kindertagen. Mein Helfer in der Not, dachte sie.

Brüderchen hat sich den nächsten Schokoladenkuchen verdient, überlegte Trixie. Diesmal mit ein wenig Rum darin, und dann werden wir uns gemeinsam über meine Abenteuer mit merkwürdigen Kunden amüsieren. Ist spannender als mancher Fernsehkrimi!

Was würde heute geschehen? Trixie warf ihrem Gegenüber einen nachdenklichen Blick zu. Wie weit würde der Mann gehen? War er nur ein etwas verpeilter, übermütiger Spinner, oder verbarg sich hinter seiner netten Fassade ein Serienmörder? „Du kannst keinem Menschen hinter die Stirn gucken, mein Kind. Besser zunächst ein wenig Abstand wahren, die Nähe stellt sich eines Tages von ganz allein ein", hatte ihre Mutter ihr unzählige Male eingetrichtert.

Bens Augen, von ungewöhnlich langen Wimpern umkränzt, schokoladenbraun und samtig, sahen sie intensiv an und zwinkerten ihr vergnügt zu. Ließen die feinen Härchen an ihren Armen zu Berge stehen, verursachten ein merkwürdiges Kribbeln ihren Rücken entlang – wie eine Ameisenkolonne, dachte sie - und ließen sie unwillkürlich tief ein- und wieder ausatmen.

„Na klar. Oster-Hase, welch eine Verbindung! Aber mit

Doppel-A bitte", schnurrte Trixie und grinste. Ich hab deinen lahmen Witz verstanden, du Clown, dachte sie.

„Welch eine Ver-bin-dung", wiederholte ihr Kunde leise und ließ seine Blicke interessiert über ihren Körper gleiten. Gefiel ihm das, was er sah? Offenbar. Stehst wohl auf Verrückte mit Sträflingsfrisur, wie meine Mutter mich liebevoll bezeichnet, dachte Trixie. Hauptsache, ich tauge als dein Betthupferl, nicht wahr! Männer …

***

Wortlos wandte sie sich ab und machte Anstalten, den Hausflur zu betreten. Immerhin war sie nicht zum Vergnügen für diesen schrägen Kerl hier, sondern zum Geldverdienen. Ausmisten, Entrümpeln, für Ordnung sorgen. DAS hatte diese vernachlässigte Villa dringend nötig, wie Trixie erkannte. Bereits nach wenigen Schritten in die Halle hinein stolperte sie in dem Halbdunkel darin fast über einen turmhohen Zeitschriftenstapel, der sich bedenklich zur Seite neigte. Überall waren Haufen undefinierbaren staubigen Krempels, wild durcheinander aufgeschichtet. Stolperfallen par excellence. Vertreibt neugierige Besucher, verrät Einbrecher, dachte Trixie.

Trixie spürte ein schmerzhaftes Ziehen in ihrem linken großen Zeh, der mit etwas unter dem Zeitschriftenstapel kollidiert war. Ein Schild ‚Achtung, bei Betreten Verletzungsgefahr!' sollte an der Haustür arglose Mitmenschen warnen, dachte sie. In Großbuchstaben. Mit einem aufgemalten Totenschädel daneben.

Übertrieben? Nee, gar nicht. Ein richtiger Fehltritt, und

der Knöchel ist verstaucht oder der Schädel hat ‚ne Delle. Ist dieser durchgeknallte Typ vielleicht ein Arzt auf Patientenfang?

„Wo ist denn hier der Lichtschalter?", murrte sie und betrachtete den riesigen Kronleuchter, der über ihrem Kopf von der hohen Decke der Eingangshalle herabhing. „Man bricht sich ja die Knochen!"

„Und findet nur schwer die versteckten Osternester", ergänzte ihr Kunde und betätigte einen altmodischen Lichtschalter. „Voilà! Magie ist alles, ohne Magie ist alles nichts. Lassen Sie sich verzaubern! Es ist zwar noch unordentlich hier, aber die von mir gestern installierte Licht-Show hat schon was. Warten Sie ab." Er breitete seine Arme aus und drehte sich wie ein Zirkusdirektor einmal um sich selbst, als wolle er soeben die Darbietung seiner Trapezartisten ankündigen.

Fehlt nur noch ein lauter Tusch, und durchtrainierte Menschen in glitzernden Klamotten lächeln vom Hochseil herab den Zuschauern in der Manege zu, dachte Trixie. Was für ein Selbstdarsteller, dieser Kerl. Dieses aufgeblasene Osterei!

Grandios ist die Darbietung hier allerdings, musste Trixie zugeben, als nicht nur sämtliche elektrische Kerzen jeweils nacheinander oben am Kronleuchter aufflammten, wieder ausgingen und wieder angingen in stetem Wechsel, sondern auch unzählige verschiedenfarbige Glühbirnen ihren Lichtschein im gesamten Eingangsbereich ausbreiteten. Glühend rote Lichtstrahlen, grüne, gelbe, lilafarbene, hellblaue, dunkelblaue … Ein wahrer Regenbogen ergoss sich in die große Halle und ließ alles wie ein unwirklich anmutendes Gemälde erscheinen. Durch die Bewegungen der Lichtstrahlen schienen sich auch die Gegenstände in der Halle zu bewegen, als befänden sie sich in fließendem Wasser. Eine Stehlampe schien sich für wenige Augenblicke in eine Schlange mit aufgerissenem Maul zu verwandeln (ein Lampenschirm mit Troddeln daran). Die im Luftzug wehenden Blätter eines Gummibaums an der Wand wurden in Trixies Phantasie zu durch Wasser gleitenden Fischen, und ein auf dem Fußboden vergessener Bierdeckel sah einer flachen Muschel ähnlich. Als ob man in einer Unterwasserlandschaft umherläuft, dachte Trixie und war begeistert vom Erfindungsreichtum ihres ungewöhnlichen Kunden.

„Wow! Wahnsinn", entfuhr es ihr, und sie verfolgte staunend, wie die Strahler langsam angingen und den Raum sekundenlang ausleuchteten. Wie sie anschließend langsam wieder erloschen, alle offenbar durch Dimmer gesteuert. Wie Wellen aus Licht, dachte sie fasziniert. Ein Künstler, dieser Mann. WAS arbeitet dieser Typ denn eigentlich, wenn er nicht gerade ein Lampenmeer installiert, fragte sich Trixie. Entweder hat er gerade Urlaub, oder er ist Freiberufler. Werd ihn mal bei Gelegenheit aushorchen. Hauptsache, er kann mich bezahlen.

Inzwischen versank alles in der geräumigen Halle erneut im Halbdunkel, dessen Schummerlicht nur von schmalen, Schießscharten ähnlichen Fensterchen erzeugt wurde. Hoch oben, im Abstand jeweils einer Armeslänge nebeneinander in die Außenwände eingelassen, ließen die bunten Mosaikbilder in dem Glas Trixie an wunderschöne Kirchenfenster denken. Fast meinte sie, in einer Nische der Halle eine Orgel zu erkennen und bildete sich ein, eine leise Melodie zu vernehmen. Doch bei genauerem Betrachten war es lediglich ein Schrank, der mit einer Decke verhängt worden war, und die Töne in ihren Ohren stellten sich als der Gesang einer Drossel vor der geöffneten Eingangstür heraus und verstummten, als der Vogel davonflog.

„Andächtiges Schweigen hüllet uns ein, edle Dame", ließ der Hausherr sich nun vernehmen. „Ich liebe diese prachtvollen bunten Fenster, Sie nicht auch? Ein Feeling wie in einer Kathedrale. Aber Sie müssen nicht beten, liebe Frau Haase. Höchstens darum, dass Sie sich nicht die Haxen brechen auf Ihren unpraktischen Stöckelschuhen. Je eleganter, desto wackliger, hätte Ilse gesagt. Sie schlurfte lieber in ausgetretenen Latschen durchs Gelände, wie vernünftig. Und wissen Sie, Ihre Nummer hat mir ein Kumpel verraten, ohne mir den Firmennamen zu nennen, und als ich dort angerufen habe, meldete sich ein Herr mit den Worten ‚Hallo, hier ist Theo, was gibt's?' Recht saloppe Begrüßung, hab ich mir gedacht, aber er klang vertrauenswürdig. Also nahm ich an, dass der meine Bruchbude entrümpeln wird. Eben ein Mann mit kräftigen Armen und praktischem Schuhwerk an den Füßen. Mit einem aparten Fräulein wie Ihnen habe ich nicht gerechnet, und mit diesem Namen erst recht nicht, haha. Der versüßt mir den ganzen Tag, das dürfen Sie mir glauben." Das verschmitzte Lächeln nahm sein gesamtes Gesicht ein und verlieh ihm ein spitzbübisches Aussehen.

Das glaube ich dir sofort, du alberner Gockel, dachte Trixie und zog eine leicht angesäuerte Grimasse. Natürlich kann man über den Namen Theo schlechter Witze reißen als über meinen Nachnamen. Das erklärt, weshalb der Typ so völlig ausgeflippt ist, als ich mich ihm vorgestellt habe.

Theo soll sich in Zukunft gefälligst ordentlich mit meinem Firmennamen melden. Nicht so, als würde er einen Kumpel begrüßen. Sondern korrekt mit ‚Mit ‚Haase-Entrümpelung, wir räumen Ihr Leben auf‘, dem von mir ersonnenen Slogan eben. Auch wenn Brüderchen mal an das Festnetztelefon in meinem Büro geht – es ist meine Firma. Mühsam von mir aufgebaut, mit viel Einsatz seit zwei Jahren über Wasser gehalten, da kann ich mir solche Missverständnisse nicht erlauben. Auch nicht, wenn sie vom Kunden mit Humor genommen werden, sagte sich Trixie.

Wer ist denn eigentlich diese Ilse, überlegte sie dann. Wohnt die etwa auch hier? Ist das vielleicht seine Frau? Die Ärmste, mit einem solchen Exemplar von Mann geschlagen zu sein. Dann wurde ihr bewusst, dass ihr Kunde in der Vergangenheitsform über die andere Frau gesprochen hatte. War er Witwer?

Als hätte Ben ihre Gedanken gelesen, erklärte er: „Ich habe dieses Haus von meiner Großmutter geerbt. Ilse ist kürzlich gestorben, kurz nach ihrem neunzigsten Geburtstag. Sie hat hier Jahrzehnte hindurch gewohnt, und in den letzten Jahren habe ich ihr oft geholfen. Einkaufen, Gartenarbeit, sanitäre Anlagen reparieren. Da fällt einiges an, und das konnte ein altes Mütterchen wie Ilse nicht mehr allein bewältigen. Meist habe ich mich als Einziger um sie gekümmert. In Ilses ,Dankeschön' für mich, nämlich in diesen vier Wänden, da befinden wir uns hier nun, Frau Haase. Diese Hütte muss bloß noch ein wenig aufgeräumt werden. Und dafür sind Sie ja nun zuständig."

Gespannt sah er sie an. Wortlos, neugierig, regungslos. Die Zeit tröpfelte dahin, dehnte sich zu Sekunden aus und drohte, zu einer Minute anzuwachsen.

Trixie musterte ihn und dachte: Wartet er darauf, dass ich ihm eine Rolle Plastiksäcke in die Hände drücke und beginne, gemeinsam mit ihm das Chaos hier zu beseitigen? Dass ich eine Mülltonne aus meinem Auto wuchte und vor ihm platziere zum Einsammeln von überflüssigem Krimskram? Dass gleich ein Abfallcontainer auf der Einfahrt abgestellt wird für größere Mengen? Und … Wird er einer der störrischen Kunden sein, die sich von keinem noch so albernen Erinnerungsstück trennen mögen? Die selbst einen Schnipsel Kaugummipapier aufbewahren wollen, weil es von einer längst verflossenen Liebe stammt? Kunden, die das von mir aussortierte nutzlose Zeug wieder aus dem Müllbeutel herauszerren mit dem Kommentar, das könne man garantiert noch benutzen und es wäre zu schade darum und aus Erfahrung wüssten sie, dass sie ausgerechnet eine Stunde nach der Müllabfuhr genau DAS Ding gebraucht hätten und dass man es womöglich im Internet noch verscherbeln könnte und überhaupt, so etwas wirft man einfach nicht weg, das hält man in Ehren, zum Donnerwetter! Die pressen das zerfledderte Erinnerungsstück fest an ihre Brust, zerdrücken dabei schniefend ein paar Tränen und erzählen mir haarklein und in epischer Breite, wann und von wem und weshalb sie das Teil bekommen haben und an welche Erlebnisse es sie denken lässt.

Kunden eben. Nett, schwierig, stachelig, rührselig. Als Ausmister muss man oft Seelenklempner sein. Jetzt also dieser Scherzkeks Ben Oster, dachte Trixie und überlegte: Also, große Entrümpelungs-Queen. Womit beginnen wir?

Sie musste nicht lange überlegen, denn sie ging die Räume fast immer in der gleichen Reihenfolge durch. Die ihrer Meinung nach sinnvollste Art, für Ordnung zu sorgen.

Ihr Kunde hatte seine Sprache wiedergefunden, räusperte sich und meinte gedehnt, während er mit seinen langen Armen schlenkerte: „Wo fangen wir an, Frau … Ähm, Haase mit Doppel-A?"

Das Osterei, wie Trixie den Mann für sich getauft hatte, schien es nicht lassen zu können, ihren Namen lächerlich zu machen. Fehlt nur noch, dass er mich ‚Häschen' nennt, dachte sie. Dann klebe ich ihm welche und ziehe ihm die Ohren lang. Der bekommt extra lange Hasenohren, die kann er sich anschließend um den Kopf wickeln, haha.

Mit gerunzelter Stirn blickte Trixie ihren Kunden an und befahl: „Rund um den Herd geht's los. Putzen ist gerade dort wichtig."

Sauberkeit war für viele ihrer Kunden, die im zugerümpelten Haushalt lebten, leider ein Fremdwort. Was hatte sie nicht schon gesehen: eine Ansammlung ausgedrückter Zigarettenkippen in der Kloschüssel. Alle vorhandenen Küchengeräte wahllos zwischen Herdplatte und Spülbecken verteilt. Schimmelkolonien in Töpfen, verkrustete Bratenreste in Pfannen. Längst abgelaufene,

16

verfaulte Lebensmittel in den Schränken, ungewaschene Klamotten auf jedem Stuhl, auf dem Bett, auf dem Sofa, auf dem Fußboden. Überall ausgebreitet, müffelnd vom Schweiß und voller Flecken. Spuren von Mäusen und Ratten, Spinnennetze mit ekelhaften, achtbeinigen Krabbeltieren darin. Frische Luft war meist Mangelware, da die Fenster oft nicht mehr erreichbar waren und somit nie gelüftet wurde. Im Schweinestall duftet es besser, empfand Trixie oft und hielt sich angewidert die Nase zu. Wie kann ein Mensch nur dermaßen herunterkommen, wie kann man nur so existieren? Als ‚Leben' kann man das ja nicht mehr bezeichnen. Verschämt mögen solche Kunden mir kaum Zutritt zu ihrer Behausung gewähren, und jeder Besuch ist eine Qual für sie. Sie vegetieren am Rande der Gesellschaft dahin, ohne soziale Kontakte, ohne Freude, und machen sich selbst zu Ausgestoßenen.

***

Von ihrem derzeitigen Kunden kam wieder nichts. Keine Antwort, kein Schritt in Richtung Küche. Der Mann stand wie festgenagelt vor ihr und starrte sie versonnen an. Meine Güte, dachte Trixie verstimmt, erwartet mich etwa wieder ein versiffter Kühlschrank wie neulich, wo die Schimmelpilz-Kolonien schon alles überwuchert hatten?

Sie sah sich suchend um und straffte ihren Oberkörper: „Also, wo bitte ist denn Ihre Küche? Dort werden Sie sich ja zwangsweise immer wieder aufhalten müssen, wenn Sie nicht verhungern möchten. Danach sorgen wir im Bad für Ordnung und Sauberkeit. Anschließend kümmern wir uns um die übrigen Räume." Tatendurstig sah sie Ben Oster fragend an. Würde er sie nun endlich unterstützen? Sonst wird's teurer als gedacht, Freundchen, nahm sie sich vor.

„Nahrung zubereiten, allerdings, das ist nötig. Falls ich mich nicht nur von Ost …" Er brach ab, als er Trixies grimmige Miene sah. Beschwichtigend hob er seine Hände. „Sorry, ich glaube der Joke geht Ihnen allmählich fürchterlich auf die Nerven. Also: Ich werde nie wieder Osterhasen erwähnen. Auch von Ostereiern wird keine Rede mehr sein."

„Versprochen?", erkundigte sie sich. „Lassen Sie alles außen vor, was vier Beine und Fell hat."

„Versprochen, Frau Haase. Keine Fellnasen, nicht einmal Kaninchen. Kein Doppel-A mehr." Er zog sein T-Shirt zurecht. ‚Aufräumen ist Scheiße, Zaubern ist schön' prangte in grellroten Buchstaben darauf, von einem Zauberstab gemalt und von Sternchen umgeben.

‚Magie ist alles, ohne Magie ist alles nichts', ging es Trixie durch den Kopf. Da hatte sich doch sein dämlicher Spruch in ihren Gehirnwindungen verfangen, verflixt!

„Also, dort entlang", Ben zeigte auf eine altmodische Holztür und schwang sie auf. Ächzend wie in einem Horrorfilm öffnete sie sich und gab den Blick frei in die Küche. Tatsächlich: Ein Sammelsurium der schlimmsten Art erwartete Trixie, wie sie mit einem Blick erkannte. Oh man, stöhnte sie in Gedanken. Da haben Ilse und ihr schrulliger Enkel aber alles gegeben!

Töpfe und Pfannen, Teller, Becher und Besteck gaben sich ein Stelldichein im Spülbecken, das so voll gestellt war, dass kaum noch ein Teelöffel Platz darin finden konnte. Natürlich hatte die alte Dame keine Geschirrspülmaschine besessen, nein, sie hatte, wie man das eben seit Jahrzehnten so machte, das Geschirr von Hand gereinigt.

Als hätte er erneut Trixies Gedanken gelesen – allmählich wird er mir unheimlich, dachte sie -, ergänzte Ben Oster: „Und ich hab schon als Bub mit dem Geschirrhandtuch daneben gestanden und die von ihr gespülten Sachen abgetrocknet. Genau hier hab ich immer gestanden, Ilse beim Abwasch geholfen und alles sorgfältig in die Schränke geräumt. Und wie Sie sehen, Frau Haase, fehlt hier immer noch eine Spülmaschine. Aber ich werde mir eine anschaffen, sobald ich es mir wohnlich eingerichtet habe. Erleichtert die Hausarbeit hoffentlich. Wie man erkennen kann, bin ich bisher leider ein lausiger Hausmann. Tja, man kann nicht alles können."

Was kannst du denn noch, außer alberne Sprüche klopfen?, fragte sich Trixie.

„Noch wohne ich ja nur provisorisch hier, meine Sachen befinden sich noch in meiner Wohnung in der Innenstadt", erklärte er. „Ilse ist vor zwei Wochen beerdigt worden, und nun muss ich hier für Ordnung sorgen. Denn so wie sie es leider hinterlassen hat, mag ich hier nicht einziehen."

Aha, dachte Trixie, dann bist du gar nicht der Messie, als den ich mir dich vorgestellt habe. Dass deine Ilse nicht mehr in der Lage gewesen ist, hier noch alles in Ordnung zu halten, ja, das kann ich nachvollziehen. Ist entschuldbar.

Aber … du hast dich doch angeblich um sie gekümmert, hättest du denn hier nicht wenigstens ab und zu putzen und aufräumen können? Wie lautet deine Entschuldigung, du Schlawiner?

*I*hre wunderbare Lichtinstallation in der Halle in allen Ehren, Herr Oster, aber … Ich an Ihrer Stelle hätte lieber erstmal diese Unterkunft in einen wohnlichen Ort verwandelt und sie DANACH mit dem Lichtzauber verschönert", rügte Trixie ihren Auftraggeber mit sanfter Stimme.

Er senkte schuldbewusst den Kopf und raunte: „Da haben's vollkommen recht, aber diese Lichtshow gehört zu meinem neuen Bühnenprogramm. Ich wollte die Wirkung ausprobieren, und Sie als Zuschauerin waren begeistert. Meinen Sie, ich sollte die grünen Lichter besser austauschen gegen orangefarbene? Was sieht besser aus, glauben Sie?" Von unten herauf blinzelte er ihr zu.

Du Spinner, dachte Trixie beinahe liebevoll, fachsimpelst du jetzt mit mir über deine technischen Spielereien? Bühnenprogramm? Ist der Typ berühmt, gibt er mir gleich ein Autogramm? Ihre Neugier war geweckt.

„Ähm", Trixie grinste ihren Kunden verschmitzt an. „Was treiben Sie denn da auf der Bühne? Treten Sie als Komiker auf? Mit selbst gebastelten Sprüchen?"

„Nee, als Zauberer. Vor Ihnen steht der große Frangipani", warf er sich in Pose. Nahm die speckige Kappe ab, über die Trixie sich schon gewundert hatte, schüttelte seine hüftlange, glatte Mähne und strich sich mit übertriebener Geste mit der Hand durchs weizenblonde Haar.

„Wow", entfuhr es Trixie zum zweiten Mal. „Wären Sie eine Frau, könnten Sie als Modell über die Laufstege der Welt stolzieren! Ist das alles echt?" Mit schelmischer Miene tat sie so, als wolle sie in seine Haarpracht greifen.

„Nur zu", ermunterte Ben sie. „Sind frisch gewaschen."

Dann ergänzte er: „Ich bin auch auf den Brettern der Welt, wie man sie nennt, tätig. Der große Frangipani ist nämlich ein erfolgreicher Zauberer, meine Dame. Wer schafft es, ein hübsches Mädel in eine Tonne zu stecken, aus der es anschließend als lebendiger Seelöwe wieder hervorkommt? Frangipani. Keine Angst, das Tier wird dabei nicht gequält!", nahm er gleich Trixie die Befürchtung. „Das Mädel auch nicht, das ist meine Tochter Fabrizia. Tritt freiwillig mit mir auf in ihren Ferien. Magie ist alles, ohne …"

„Ohne Magie ist alles nichts, weiß schon", beendete Trixie seine Ansprache und fragte sich: Der hat schon eine Tochter? Sie versuchte, Bens Alter zu schätzen. Etwa so alt wie sie selbst, glaubte sie, also siebenundzwanzig. Dass sie den Künstlernamen ‚Frangipani' noch nie vernommen hatte, behielt sie für sich. Sie war eben nicht interessiert an solchem … solchem Mumpitz. Ihr Bruder hatte mal als Kind ihr geliebtes Meerschweinchen ‚Asterix' in einen alten, nach Dachboden müffelnden Zylinder gesteckt und den mit einer Bratpfanne zugedeckt, bis das arme Tier in Panik so laut gequietscht hatte, dass Theos Zaubertrick entlarvt war. Nein, Trixie machte sich nichts aus Tricksereien und hätte sich niemals eine Zaubershow angetan.

„Ich bin Neunundzwanzig. Noch. Demnächst werde ich

Dreißig, oh Gott", stöhnte Ben dramatisch. „Wie alt ist der? Kann der schon eine Tochter haben?, überlegen Sie nun. Stimmt's? Ja, kann er. Fabrizia ist jetzt neun Jahre alt", schob er nach. „Ihre Mutter ist uns leider abhanden gekommen, die ist mit einem Sonnyboy in die Toscana abgezwitschert. Seit vier Jahren bin ich alleinerziehender Vater. Lasst mich bloß alle zufrieden mit Wei ... äh, Frauen. Mein Kumpel will mich zwar verkuppeln, aber – das schafft er nicht! Selbst die leckeren Mädels am Bühnenrand können mich nicht reizen. Und die reifen Exemplare, die gern mal im Bett verzaubert werden wollen, schon gar nicht." Ein bitterer Unterton hatte sich in seine Stimme gemischt bei diesen Worten. „Autogramme geben ist okay, aber dann mach ich mich schnell vom Acker nach den Vorstellungen."

„Kann der Gedanken lesen, frage ich mich tatsächlich schon die ganze Zeit", bestätigte Trixie und meinte dann: „Hm. Toscana. Das soll ja eine traumhafte Gegend sein."

Sie lächelte, während merkwürdige Gedanken durch ihr Gehirn wirbelten und dort einen wilden Tanz aufzuführen schienen. Er ist zwei Jahre älter als ich, überzeugter Single und hat ebenso die Nase voll vom anderen Geschlecht wie ich. Interessant. Da können wir uns ja die Hände reichen, dachte sie.

Seit ihr früherer Verlobter Lars sich am Abend vor ihrer geplanten Verlobungsfeier als eher an Männern interessiert geoutet und mit seinem Partner Michi inzwischen sogar ein Kind hatte, von einer Leihmutter ausgetragen, während er mit ihr damals keinen gemeinsamen Nachwuchs gewollt hatte, seitdem war sie auf Männer schlecht zu sprechen.

Ein neuer Lebenspartner, vielleicht irgendwann, aber sie würde sicherlich noch lange auf Abstand zum anderen Geschlecht gehen. Noch so einen Reinfall verkrafte ich seelisch nicht, redete sie sich selbst ein. Und benahm sich wie ein Igel, der sich ängstlich zusammenrollt und seine Stacheln zeigt. Pieks Pieks, keiner hat mich lieb.

Ben unterbrach ihre trüben Überlegungen: „Gedanken lesen, nee, aber ich studiere die Menschen gern aufmerksam. Ich hab's mal auf der Bühne versucht, anderen Menschen in den Kopf zu gucken, aber dazu reicht mein Talent nicht aus", gab er selbstkritisch zu. „Für den Hausgebrauch langt es jedoch. Und nun, werte Frau Haase, nun lasset uns beginnen!" Er streifte sich Einweghandschuhe über seine Hände und riss eine Mülltüte von der Rolle ab, die Trixie auf die Anrichte gelegt hatte. „Was zuerst? Magie ist alles, ohne …"

„Ohne Magie ist alles nichts", fuhr Trixie ihm ins Wort und grinste ihn an.

„Dann sind wir uns ja einig", erwiderte ihr Kunde.

***

„Lassen Sie mich mal machen", schlug Trixie vor. „Halten Sie einfach die Tüte auf, so dass ich die Sachen hineinpfeffern kann. Nicken bedeutet ‚wegwerfen', Kopfschütteln ‚behalten'. Achselzucken ‚weiß noch nicht, erst mal in den Korb da'. Sie deutete auf einen großen Wäschekorb, den sie sich geschnappt und ausgeleert hatte. Die alten Zeitschriften daraus lagen jetzt auf einem der Küchenstühle.

„Nicken, Schütteln, Zucken", wiederholte Ben folgsam, führte dabei die entsprechenden Bewegungen aus und kicherte. „Anstrengendes Programm, Frau Sportlehrerin. Verteilen Sie anschließend auch Schulnoten? Oder vielleicht … leckere Ostereier? Ups, sorry." Er fuhr sich mit den Fingern über seine Lippen und deutete einen Reißverschluss an, den er verschloss.

Er kann's nicht lassen, dieser zu groß geratene Lausebengel, dachte Trixie und grinste amüsiert.

„Es ist alles möglich von einer Eins bis zu einer Sechs", meinte sie verschmitzt. „Los!"

In den Schubladen fanden sich vier Pfannenwender, drei davon landeten in der Mülltüte. Sieben Soßenlöffel harrten ihres letzten Weges; fünf Deckel, von denen nur einer zu einem der Töpfe passte, schlummerten im hintersten Winkel von Ilses Geschirrschrank und flogen in hohem Bogen in die Tüte, wo sie scheppernd auf ihre Artgenossen prallten. Ein ähnliches Schicksal erwartete ein Sammelsurium unterschiedlicher Gabeln, Messer und Löffel; von asbach-uralt über älter bis hin zu aktuell war alles vorhanden, womit in den vergangenen Jahrzehnten im Essen gestochert, geschnitten oder gelöffelt worden war.

„Museumsreif", murmelte Trixie immer wieder und las die alte Gravur im Griff eines eingedellten Suppenlöffels: ‚Zur Hochzeit 1912 von Tante Mechthild'.

„Der hat schon zwei Weltkriege überstanden, sollen wir ihn nun trotzdem entsorgen?"

Ben zögerte kurz. „Davon hab ich als Kind manchmal gegessen, wenn ich hier zu Besuch war. Aber …" Er nickte. „Erinnerungen bleiben, krumme Löffel nicht", entschied er.

„Und das hier?" Trixie hielt ihrem Kunden ein hübsches Trinkglas vor die Nase, auf dem sein Vorname eingraviert worden war.

„Mein Glas!", rief Ben sichtlich aufgeregt. „Mein Lieblingsglas. Danach hab ich schon gesucht. Tage-, nein, wochen-, nein, monatelang!"

„Nicht jahrelang?", konnte Trixie sich nicht verkneifen. Oder gar seit der Steinzeit?

Bens Gesichtsausdruck ließ sie verstummen. Offenbar hatte er eine besondere Beziehung zu diesem Glas …

Heftig begann er, mit seinem Kopf zu schütteln. Nein, nein, NEIN! Nicht wegwerfen, das ist für mich zu kostbar. Geradezu heilig.

Meinetwegen, sagte sie sich und betrachtete den großen Sprung im Glas, der sich direkt neben dem Schriftzug befand. Versuchte Ben abzulenken mit der Frage nach dem Kalender vom Vorjahr, der mit Notizen vollgekritzelt an der Wand über der Anrichte hing. Nahm das Glas verstohlen, als er die Kalendereinträge las, und versteckte es unter einem schmutzigen Topf, in dem sich noch Essensreste befanden, die kein Spülschwamm der Welt mehr herausbekäme. Zog einen Flunsch, als Ben doch gleich darauf blitzschnell sein geliebtes Glas wieder darunter hervorzog. Hat er es doch mitbekommen, dachte sie. Hat wohl einen siebten Sinn dafür.

Ben presste das Glas wie ein wehrloses Tierbaby an seine Brust und verkündete: „Bitte nehmen Sie mein Kopfschütteln ernst, Frau … Haase! Was mir am Herzen liegt, sollten Sie respektieren."

„Karnickel", meinte sie ihn gleich darauf abfällig raunen zu hören. Blödmann, dachte sie, dann bau dir doch ein Museum für zersprungene Gläser! Kunden halt. Mit Geduld behandeln. Tief durchatmen. An was Schönes denken, Trixie. Kriegst ja Geld für den Wahnsinn hier.

Nicht zum ersten Mal sehnte sie sich nach ihrem geruhsamen Job in dem Büro zurück, in dem sie gelernt hatte und aus dem sie schließlich rausgemobbt worden war von einer fiesen Kollegin. Was war ihr schließlich anderes übriggeblieben, als den Sprung in die Selbständigkeit zu wagen, nachdem sie drei dicke Aktenordner mit Absagen gefüllt hatte? „Und wünschen Ihnen alles Gute für Ihren weiteren Lebensweg blablabla" zum dreihundertsten Mal abgeheftet. Das wünsche ich mir auch, hatte sie gedacht und ihre Freude am Sortieren zu ihrer Aufgabe gemacht. Nicht ganz erfolglos, meinte sie und war zufrieden. Da komm ich doch mit Typen wie dem hier – sie warf Ben unauffällig einen Blick zu – klar. Der ist nervtötend, aber harmlos.

„Ordnung ist alles, ohne Ordnung ist alles nichts", wandelte sie den Spruch ihres Kunden ab und grinste ihn an. „Haben wir uns verstanden, Herr Oster?"

„Ach, verehrte Beatrix, an manchen Dingen hängen einfach Erinnerungen. Wen stört denn solch ein unschuldiges Gläschen? Das findet einen Platz im Schrank, ist doch nicht besonders groß", brummte Ben. Da kam ihm offenbar zu Bewusstsein, dass er sie geduzt hatte. „Ähm, ich meinte natürlich, verehrte Frau Haase ..."

„Schon okay, Ben. Einfach nur Trixie", erwiderte sie

langsam. „Dann behalten Sie … dann behalt dein Glas, wenn du so sehr daran hängst. Aber ich warne dich: Wenn du nichts wegwerfen magst, ist unsere Zusammenarbeit gefährdet. Dann musst du dich leider nach einem anderen Menschen umsehen, der hier aufräumt. Du musst schon mitmachen!", spornte sie ihn an. „Ich bin für eine Kaffeepause, du nicht auch?"

***

Geradezu erleichtert ließ Ben den halbvollen Müllsack auf den Fußboden fallen, machte sich an Ilses antiquierter Kaffeemaschine zu schaffen – hoffentlich gibt's keinen Kurzschluss, fürchtete Trixie – und servierte kurz darauf zwei randvolle Becher des heißen Getränks. Aromatischer Duft zog verführerisch durch die Küche, und als er noch einen Zuckerpott und ein Milchkännchen auf den verschrammten Holztisch stellte, begann Trixie der Aufenthalt bei diesem Mann zu gefallen.

„Guter Trick, mit der du Ilses Maschine verzaubert hast, haha. Ich hatte schon befürchtet, dass die nur noch eine unappetitliche Brühe absondern kann. Aber es schmeckt köstlich. Die solltest du behalten! Nur mal ein wenig sauberwischen, dann ist es ein Schmuckstück in deiner Küche", meinte sie und schlürfte genießerisch einen Schluck Kaffee.

Ein verschmitztes Grinsen erschien auf ihrem Gesicht bei den nächsten Worten: „Kannst du nicht mal mit einem Zauberstab wedeln, und sofort alles ist aufgeräumt?"

„Dann darfst du mir aber keine Rechnung ausstellen",

meinte er. „Wäre ein schlechtes Geschäft für dich, Trixie."

Minuten später stellte Trixie sich dem Chaos im Bad, einem länglichen Raum, begehbar nur für sehr Schlanke. Sogar sie sah sich dazu gezwungen, ihr Bäuchlein einzuziehen und, den Atem anhaltend, am Waschbecken entlang bis zur Dusche zu gehen. Vorbei an einem vollbehängten Wäscheständer, der den ohnehin schmalen Weg noch mehr einengte.

„Ja, weshalb steht denn dieses Ding hier rum?", schimpfte sie leise und sah Ben missbilligend an. „Kann der nicht woanders untergebracht werden? Gibt's in der ganzen Villa denn keinen Hauswirtschaftsraum, in dem eine Waschmaschine, ein Trockner und meinetwegen auch ein Wäscheständer Platz finden? Da ist ja meine Wohnung besser geordnet."

Wortlos hob Ben den Wäscheständer an, balancierte ihn aus dem Bad hinaus und knallte ihn spürbar genervt in den Flur vor der Eingangstür. „So recht, Trixie? Oder steht er im Esszimmer besser? Ich trage ihn gern spazieren durchs ganze Haus."

Er fuhr sich mit gespreizten Fingern durchs Haar, zwirbelte einige Strähnen zu Schnecken und ließ sie wieder los, dann meinte er: „Hatte vorhin keine Zeit mehr, das Zeug lange auszuwringen, nachdem ich es in der Duschwanne durchgespült hatte." Kurz fuhr er über die Wäschestücke und meinte zufrieden: „Sind nur noch klamm. Die bleiben hier, bis ich sie abnehme."

Da erkannte Trixie, dass es sich offenbar um von Ben im Garten benutzte Klamotten handelte, die noch nicht völlig getrocknet waren. Die hingen in der Wanne zwar sinnvoller, aber wenn der ohnehin gereizte Hausherr sie hier abstellte … Resigniert zuckte sie mit den Achseln. Dann soll er doch, sagte sie sich. Streikte denn die Waschmaschine? Gab es überhaupt eine? Ilse hatte doch hoffentlich nicht ihre gesamte Garderobe von Hand gewaschen.

„Nein, so rückständig war selbst meine betagte Großmutter nicht, alles in der Wanne zu waschen", bestätigte Ben ihre Gedanken. „Ein Museumsmodell von Waschmaschine befindet sich im Keller, gleich neben dem eingelegten Gemüse. Ilses Vorräte reichen bis zum nächsten Jahrtausend", lachte er. „Keine Kirsche, keine Erbse, keine Bohne war vor ihr sicher, alles landete im Einweckglas, Deckel oben festgeklemmt, Aufkleber mit Beschriftung druff. Könnte ich auf dem Markt anbieten", überlegte er und grinste sie verschmitzt an. „Begleitest du mich dann als Marktfrau?"

Inzwischen nahm Trixie seine Gabe gleichmütig hin, anderen offenbar in den Kopf schauen zu können. Vor diesem Mann kann ich kein Geheimnis bewahren, der durchschaut mich, dachte sie ehrfürchtig und zugleich ängstlich. Dem kann ich nichts vormachen.

„Vor mir kannst du nichts verbergen", vernahm sie ihn gleich darauf. „Ich nutze mein Wissen aber nicht aus."

Vier leere Behälter Duschgel entsorgte Trixie vor Bens kritischen Blicken im Müll. Zwei halbleere, die beide umgefallen mit offenem Deckel auf dem Fußboden lagen und die Fliesen vollsifften, wurden auf einem Regal an der Wand abgestellt. Weitere drei Flaschen, ebenfalls mit unterschiedlichen Sorten darin, waren noch voll.

„Wozu kauft ein Mensch sich nur insgesamt …" Trixie zählte. „Neun Flaschen Duschgel? Alles verschiedene. Wollte Ilse die alle mal ausprobieren, oder hatte sie beim nächsten Einkauf vergessen, dass im Bad schon mehrere davon standen?" Irritiert schüttelte Trixie ihren Kopf. „Oder stammen die von dir, großer Frangipani? Verwendest du die bei deinen Bühnenshows? Seifst du deine Partner auf der Bühne ein, damit sie schön glitschig werden und leichter in eine Tonne hineingleiten, aus der du sie dann anschließend wieder befreist? Hm, eine wahrhaftig DUFTE Show", meinte sie und kicherte. Würde auch noch zu diesem durchgeknallten Typ passen, ging ihr durch den Kopf. Wer weiß, wozu der fähig ist, so wirr, wie er manchmal auf mich wirkt.

„Nee", erwiderte Ben und grinste verschmitzt, „nur Shampoo-Flaschen sammle ich, davon habe ich mir eine Sammlung angelegt. Für jede Haarsträhne verwende ich eine andere Sorte." Mit übertriebenem Schwung warf er seine üppige, gepflegte blonde Mähne mit beiden Händen über seine Schultern und strich dann geradezu zärtlich über die seidige Pracht auf seinem Kopf. Flocht einige Strähnen zu einem lockeren Zopf und ließ sie dann erneut offen über seinem Rücken hängen. „Bewahre ich im Safe auf, sind eben wertvoll. Werde ich auch nicht wegwerfen!"

Übertreib's nicht, lieber Kunde, dachte Trixie und sandte ihm einen grimmigen Blick zu. Stumm wandte sie sich dem Spiegelschrank über dem Waschbecken zu und öffnete eine der Türen. Wich sofort zurück und fing geistesgegenwärtig ein unglaublich schmuddeliges Zahnputzglas mit ihren Händen auf. Eine Zahnbürste, aus deren Bürstenkopf nur noch fünf einsame Borsten herausstanden, dazu eine geöffnete Tube Zahnpasta, deren Inhalt herausquoll und Trixies Finger verschmierte, vervollständigten das Dental-Set. Fehlte bloß noch eine Schale mit künstlichen Beißerchen, die Ilse einst hier abgelegt hatte.

Kaum hatte sie das gedacht, zauberte ihr Kunde eben das hervor aus dem Schränkchen unter dem Becken. „Voilà, damit kann ich mir vor Wut in den Hintern beißen, wenn mir bei Proben mal wieder ein Zaubertrick nicht gelingen will, haha."

Du Osterei, dachte Trixie und nahm ihm die versiffte Seifenschale, in der das künstliche Gebiss seine letzte Ruhe gefunden hatte, aus der Hand, um alles in die Mülltüte zu befördern. „Oder kannst du dich davon nicht trennen?", fragte sie Ben spöttisch.

„Mach dich nicht lustig über meine sentimentalen Erinnerungen an Ilse. Wenn ich ihre eleganten Zähne betrachte, sehe ich sie in Gedanken vor mir, wie sie die Dinger aus dem Mund nimmt und mich damit erschrickt. Das hat ihr Spaß gemacht, weißt du, das fand sie lustig. Da war ich ungefähr fünf, glaube ich", setzte er hinzu und verzog seine Lippen zu einem amüsierten Grinsen.

„Natürlich, schmeiß das weg, Mensch!" Er hielt Trixie die offene Mülltüte auffordernd vor den Bauch.

„Mittlerweile traue ich dir leider alles zu", meinte Trixie und pfefferte Seifenschale samt Gebiss mit Schwung in die Tüte. „Alles, du Zauberer", wiederholte sie und zog einen Flunsch.

Ben schien zu spüren, dass seine Albernheiten ihr

allmählich auf den Keks gingen. Wortlos arbeiteten sie nun für eine Weile daran, alle überflüssigen Gegenstände zu entsorgen und die übrig gebliebenen sinnvoll zu sortieren. Konzentriert gingen sie alles durch, und als sie mit mehreren Räumlichkeiten im Untergeschoss der Villa fertig waren, beschlossen sie, für heute Schluss zu machen.

Wenn er will, entpuppt er sich als wirkliche Hilfe, dachte Trixie anerkennend und stieß mit Ben auf weitere gute Zusammenarbeit mit einem Glas Wasser an, bevor sie in ihr Auto stieg und zu ihrer Wohnung in Hannovers Innenstadt fuhr. Für den ersten Tag haben wir schon eine Menge geschafft, dachte sie zufrieden, als sie sich die Bettdecke über die Ohren zog und ins Traumland abdriftete. In dem sie über einen weichen Ozeanboden ging, wo silberne Fische im Wasser einen geheimnisvollen Tanz in wechselnden bunten Lichtstrahlen aufzuführen schienen, bis ein überdimensionales Gebiss sich einen Fisch nach dem anderen schnappte und verschlang.

*F*rühstück ist alles, ohne Frühstück ist alles nix", begrüßte Ben sie mit seinem abgewandelten Spruch, als sie am folgenden Morgen an seiner Haustür klingelte und er sie hereinbat. Der Duft von warmen Croissants empfing Trixie, und auf dem Küchentisch standen eine volle Kaffeekanne, zwei saubere Becher sowie Sahne und Zucker.

Erfreut ließ Trixie sich auf einen der Küchenstühle sinken, biss von einem Croissant etwas ab und meinte undeutlich, den Bissen noch im Mund: „Heute nehmen wir uns das Wohnzimmer vor, dann sind wir mit dem Untergeschoss heute abend durch, Ben. Zum Schlafzimmer kommen wir morgen, und das Gästezimmer kommt zuletzt dran. Danach müssen wir uns nur noch um Dachboden und Keller kümmern. Abgemacht?"

Er nickte und gönnte sich einen Schluck Kaffee. „Abgemacht, Häs … Äm, Trixie."

Kurz bedachte sie ihn mit einem giftigen Blick, doch dann musste sie lachen. „Großer Zauberer, Sie sind einfach unverschämt", meinte sie und tunkte das angebissene Croissant in die Schale mit Kirschkonfitüre, die vor ihr stand.

Ben fuhr mit seinem Croissant so tief in die Konfitüre hinein, dass ein wenig davon auf die Tischplatte tropfte und einen rötlichen Klecks hinterließ.

„Hm", meinte er, stippte mit seinem Zeigefinger einen

Klecks Kirschkonfitüre auf und leckte ihn ab.

„Sexy Art, das Frühstück zu vertilgen", kommentierte Trixie amüsiert und erhob sich. „Aber ich bin nicht zum Vergnügen hier, Herr Osterei. Lasset uns aufbrechen und ins Horn stoßen, äh, aufräumen."

„Herr Osterei?" Ben runzelte seine Stirn, sagte aber nichts dazu.

Hab ich dich mit deinen eigenen Waffen geschlagen, dachte Trixie und grinste breit. Sie trank noch einen Schluck Kaffee und setzte sich in Bewegung. „So alt wie deine Ilse bist du noch nicht, mein Lieber. Also, die müden Beine bewegen, nicht schlappmachen am frühen Morgen!", kommandierte sie und war schon fast zur Küchentür hinaus, als sie das Schrappen des anderen Küchenstuhls hinter sich vernahm.

„Zu Befehl, edle Dame", sagte Ben und stellte die leere Schale ins Spülbecken. „Schade, die Sache begann mir gerade Spaß zu machen, und schon ruft wieder die elende Arbeit."

Bens zukünftiges Wohnzimmer, das von seiner altmodischen Großmutter mit jetzt unmodernen, obgleich teuren Möbeln eingerichtet worden war, quoll leider vor unnützem Zeug über.

Ein verstaubtes Kofferradio mit einer verbogenen Antenne daran fristete sein Dasein neben einem Zimmerspringbrunnen, auf dem ein fetter Buddha thronte; aus diesem Luftbefeuchter war offenbar schon seit langer Zeit kein Wasser mehr herausgekommen, so trocken und staubig, wie er war.

„Weg mit dem kitschigen Ding", schlug Trixie energisch

vor und packte den Springbrunnen mit beiden Händen. Ben zögerte, dann nickte er ergeben. Der Springbrunnen landete in der Mülltüte.

Dasselbe Schicksal ereilte das Radio, dem nur noch krächzende Töne zu entlocken waren, und auch Ilses ausgetretene Hauslatschen, die sich halb unterm Sofa verborgen anfanden, flogen hinterher.

„Also, dieses klobige Sitzmöbel würde ich an deiner Stelle gegen ein neues auswechseln", meinte Trixie und wies mit ihrer Hand auf das durchgesessene Sofa, dessen mausgraue Farbe wohl zur staubigen Umgebung passen wollte, aber nicht zu einem munteren Kerl wie ihrem Kunden. „Hast du Lust, mich heute nachmittag zu einer Shoppingtour durch das Möbelhaus im Gewerbegebiet zu begleiten? Zu zweit macht das doch mehr Freude, und ich glaube, mein Geschmack ist akzeptabel. Hat zumindest Lars behauptet, bevor er ..." Sie verstummte und dachte: Verflixt, ich wollte doch keine Privatgeheimnisse verraten. Was geht Ben mein Ex und dessen Eskapaden an? Genau, gar nichts.

Als er ihre Miene wahrnahm, verkniff er sich feinfühlig die Frage, die ihm sichtlich auf der Zunge lag, und Trixie war ihm dankbar dafür.

Ob Ben wohl eine Freundin – oder gar mehrere – hatte? Weshalb fühlte sie, die überzeugte Singlefrau, dabei leichte Melancholie in sich aufsteigen? Sie war doch noch gar nicht wieder reif für eine neue Beziehung. Oder etwa doch? Verwirrt kniff sie ihre Augen zusammen und musterte Ben kurz. Gefiel dieser Mann ihr? Ließ sie sich von seinem schrägen Charme einwickeln? Von seiner

Lichtshow oder von seiner Behauptung, ein bekannter Zauberkünstler zu sein? Imponierte ihr der von ihm so liebevoll gedeckte Frühstücktisch? Von dem Chaos in dieser Unterkunft war sie jedenfalls keinesfalls begeistert, damit konnte er bei ihr nicht punkten.

***

„Das ist Tom, Ilses treuer Mitbewohner", stellte Ben einen Keramikfrosch vor, der ein Handy zwischen seinen Fingern hielt. Fein gestaltete Details ließen den Betrachter geradezu darauf warten, dass das künstliche Tier telefonieren würde. „Zieht man ihn auf, dann meldet sich sein Handy", erklärte Ben und drehte den Frosch um, so dass ein Mechanismus unter dem grünen Bauch sichtbar wurde. „Über Tom sage ich deutlich: Der begleitet mich schon seit meiner Kindheit und landet nicht im Müll!"

Die bestimmte Art, mit der ihr Kunde diese Worte ausgestoßen hatte, ließen Trixie ihre Hand zurückziehen, mit der sie ‚Tom' soeben hatte ergreifen und in die Plastiktüte werfen wollen.

„Ist ja gut, dein Tom soll leben", meinte sie. „Lass mal das Handy klingeln, bitte."

Gleich darauf ertönte mehrmals ein leises Quaken, das immer lauter wurde, und die Figur hielt sich das Handy an ihr breites Maul, bis ein letztes lautes ‚Quak' erklang, Tom seinen Arm sinken ließ und der Frosch wieder erstarrte.

„Oh man", stöhnte Trixie. „Es geht doch nichts über ausgesucht blöden Kitsch."

„Das ist Magie, Frau Haase, denn Magie ist alles, …"

„Aber ohne Magie ist alles nichts, haha." Trixie grinste ihren Kunden verschmitzt an und meinte: „Und ohne Kaffee auch nicht."

Bei diesem Stichwort stellte Ben die alberne künstliche Amphibie zurück auf den Kaminsims, wo sie offenbar ihren Stammplatz hatte, trabte zur Küche und rief: „Mandelhörnchen gefällig, Häschen?"

„Gern, du freches Osterei", gab Trixie gutmütig zurück. War ‚Häschen' jetzt Bens Kosename für sie? Entwickelte sich ihre Arbeitsgemeinschaft nach und nach zu einer Beziehung, in der man einander lächerliche Bezeichnungen verpasste? Wollte sie das?

Nein. Wortkarg trank Trixie ihren Kaffee aus, stumm mampfte sie das Mandelhörnchen. Schweigend verrichtete sie ihre Arbeit an Bens Seite im Wohnzimmer, rückte mit seiner Hilfe das Sofa von der Wand, reinigte den dunkelblauen Teppich darunter mit Ilses vorsintflutlichem Staubsauger- solch ein Modell hab ich zuletzt im Keller bei meinen Großeltern gesehen, überlegte sie – und drückte dann ihrem Kunden das Gerät in die Hand. Sollte er doch den restlichen Bodenbelag absaugen!

„Ist jetzt dein Haus, dein Staubsauger, dein Staub", muffelte sie und verschwand im Bad, um sich gründlich ihre Hände zu waschen. Immerhin hatte sich dort ein Stück Seife angefunden, das noch nicht völlig versifft aussah.

Ben hatte es aufgegeben, ihr eine Reaktion auf seine lockeren Sprüche zu entlocken. Der Abend nahte, das Gröbste im Wohnzimmer war erledigt, und Trixie schnappte sich ihre Jacke und machte sich nach einer recht kurzen Verabschiedung von Ben auf den Heimweg.

Ihre feinen Sinne hatten gespürt, dass er ihre Zurückhaltung richtig gedeutet hatte. Er würde ihr bestimmt nicht so bald zu nahe kommen. Gott sei Dank … oder Schade? Trixie wusste es nicht; sie konnte ihre Gefühle für ihn nicht einordnen. Konnte sie nicht sortieren wie Gegenstände.

***

Am folgenden Tag wurde sie mit leiser klassischer Musik im Wohnzimmer empfangen, die aus einer hochmodernen Anlage den Raum beschallte. Auch am Licht hatte Ben offenbar herumgespielt, denn, synchron zu den auf- und abschwellenden sanften Tönen, erzeugte auch hier ein Dimmer ein unglaublich schönes Zusammenwirken unterschiedlicher Farbtöne, die ineinander flossen und alles unwirklich erscheinen ließ.

Trixie konnte sich nicht wehren gegen den Zauber, der sie ergriff, der ihre Laune hob, der sie Ben anlächeln ließ.

„Der große Frangipani", hauchte sie. „Damit hast du mich dermaßen beeindruckt, dass ich dir deine dämlichen Sprüche verzeihe. Was jedoch keine Aufforderung für weitere Witze ist, Herr Oster. Für seinen Nachnamen kann eben keiner etwas, und wer mich ‚Häschen' nennt, nimmt mich offensichtlich nicht ernst. Alles klar?"

„Alles klar", wiederholte er. „Ran an die Reste, danach lade ich dich zu einem selbstgekochten Mittagessen ein. Anschließend nehmen wir das Obergeschoss in Angriff, was meinst du?"

„Wow, du kannst kochen?" Trixie mochte es kaum

glauben. „Der Mann mit den tausend Talenten. Alle Achtung, großer Frangipani."

„Lass dich überraschen von dem, was ich aus dem Hut zaubern werde", meinte Ben.

„Solange du kein Karnickel an seinen Ohren daraus hervorziehst, ist mir alles recht". Trixie feixte und begab sich ins Wohnzimmer. Viel war dort nicht mehr zu erledigen, und eine halbe Stunde später konnten die beiden ein pikobello ausgemistetes und aufgeräumtes Zimmer hinter sich lassen und und sich dem Essen widmen.

Die Vorsuppe schmeckte hervorragend, und der Hauptgang war ein Gedicht. Den Nachtisch schaffte Trixie kaum noch, so viel, wie sie vertilgt hatte. Vollgegessen ließ sie sich ermattet gegen die Rückenlehne des hölzernen Küchenstuhles sinken und seufzte. „Ich platze gleich. Ein Traum, wirklich zauberhaft! Danke."

Ben hatte nicht zuviel versprochen, denn Ilses Köchin Anni hatte ihn mit ihren Kochkünsten bereits in seiner Kindheit nicht nur verwöhnt, sondern den Jungen auch bei der Zubereitung der Speisen mit einbezogen.

„Ich habe Ilse oft besucht, sie war eher eine zweite Mutter für mich als eine Großmutter", erklärte er nun. „Meine Mum hat sich lieber mit ihrer Kakteenzucht beschäftigt, als mit mir, dem von ihr ungewollten Anhängsel meines Vaters; ich stamme aus seiner ersten Ehe, meine leibliche Mutter hatte es bei einem Unfall tödlich erwischt. Inzwischen wohnen meine Stiefmutter und mein Dad in Schweden, seinem Heimatland. Aber, umzingelt von Kakteen, habe ich mich als Kind lieber zu Ilse geflüchtet. Kakteen auf der Fensterbank, Kakteen auf ihrem Nachtschränkchen, Kakteen in der Küche, Kakteen im Bad, sogar ein Kaktus auf der Hutablage ihres Autos. Alle genauso stachelig wie meine Stiefmutter selbst, haha. Liebevoll umhegt hat sie die Gewächse, aber den Zugang zu mir, dem widerwillig von ihr akzeptierten Kind, den hat sie nie gefunden. Sie ist mir bis heute fremd geblieben. Meine Zaubershow hat sie erst ein einziges Mal besucht, denn so etwas entspricht ihren Worten zufolge ‚nicht ihrer Anschauung'. Da war Ilse das Gegenteil: Die ist mir sogar in weit entlegende Städte nachgereist, um mich auf der Bühne zu bewundern! Sie war mächtig stolz auf den ungewöhnlichen Enkel mit seinen verrückten Ideen und hat unzählige Zeitungsberichte über mich ausgeschnitten und sorgfältig in einem Fotoalbum abgeheftet und beschriftet. Hat Plakate gesammelt, auf denen ich angekündigt wurde. Müssen noch irgendwo sein", überlegte er. „Im Keller vielleicht? Ich hab keine Ahnung, welche Schätze dort noch schlummern. Als Kind hatte ich Angst, in das schummerige, feuchte Verließ gehen zu müssen, und auch jetzt zieht mich da nix hin."

„Ein Mann, der zugibt, ängstlich zu sein. Hast gerade ein weiteres Sympathiesternchen bei mir bekommen, Ben", meinte Trixie und dachte: Wie lange kann ich diesem Charmebolzen noch widerstehen? Ich fühle mich von ihm angezogen, bin gern in seiner Nähe und genieße es, mit ihm zu klönen.

Vorsicht, nicht gleich zu vertraut werden, warnte sie da ihre innere Stimme. Ben ist ein Fremder für dich, Mädel!

Quatsch mit Soße, entgegnete Trixie dem lästigen Stimmchen.

Nachdem Ben und Trixie, einträchtig nebeneinander auf dem Wohnzimmersofa sitzend, dort ein wenig eingedämmert und nun wieder hochgeschreckt waren, nahmen sie voller Elan nun die Räume im Obergeschoss der Villa in Angriff.

Zunächst das dortige Gästebad, in dem sich nicht viel zu entsorgen fand außer einer leeren Klorolle und einer leeren Zahnputztube.

„Fertig", freute sich Ben und wandte sich dem Gästezimmer zu.

Seltsam, wie unangenehm es hier riecht, dachte Trixie, als sie sich ihm näherte. Sie verfolgte, wie er die Tür öffnete und erwartete die übliche Unordnung. Was sie dann zu sehen bekam, übertraf ihre Befürchtungen.

„Bäh!" Ben verzog angeekelt sein Gesicht und rümpfte seine Nase. Knallte reflexartig die Tür zu und öffnete sie dann zögernd wieder.

„Puh!", keuchte auch Trixie und ging unwillkürlich einen Schritt zurück. Hielt sich am Treppengeländer fest, starrte Ben ungläubig an und schüttelte sich, als sie den Gestank aus dem Zimmer wahrnahm. Beide hielten sich die Nasen zu, als sie sich den Weg durch Berge von Unrat bahnten.

„Tote Maus", vermutete Trixie.

„Tote Katze", berichtigte Ben, der soeben einen grünen Seidenschal aufgehoben hatte. Darunter kam die Quelle des Gestanks zum Vorschein: eine halb verweste graue Katze.

„Tulpe", murmelte Ben. „Ilses letzte Katze. Das Tier hat noch auf ihrem Schoß gesessen bei Ilses Geburtstagsfeier. Hat sich offenbar keiner mehr drum gekümmert nach Ilses Tod. Ist vermutlich verhungert, das arme Tier. Hat sich unter Ilses Schal geflüchtet und ist verendet."

„Tulpe? Hm", meinte Trixie nur.

„Ja, so nannte sie das Tier", bestätigte Ben. „Es lebten hier im Laufe der Jahre noch zwei weitere Katzen: Lilie und Rose. Wo mögen die geblieben sein?", überlegte Ben und schien eine schlimme Vermutung zu haben.

„Hier", stammelte Trixie, „hier liegt noch eine tote Katze. Nur noch ein Häufchen Knochen ist übrig." Sie deutete auf etwas, das sie in einem aufgeklappten Pappkarton entdeckt hatte. Eine rote Schleife hatte den Behälter verschlossen. Eine Schleife mit dem aufgestickten Namen ‚Rose'. Auf dem Skelett lag ein vertrockneter Blumenstrauß.

„Oh man", stöhnte Ben. „Ilse war Katzennärrin, sie hat die Kleinen betüdelt, wie Mütter sonst ihre Babys betüdeln. Die Katzen waren für Ilse offenbar eine Art Kinder-Ersatz, nachdem ihre Tochter, also meine Mutter, ihre eigene Familie hatte. Traurig, so was", raunte er bewegt.

„Noch ein Karton, noch ..." Trixie verstummte und schaute Ben fragend in die Augen.

Langsam beugte er sich zu dem anderen Karton, um den eine grüne Schleife gebunden war. Er entzifferte den auch dort aufgestickten Namen und meinte mit krächzender

Stimme: „Hier drin liegt also Lilie, ein niedliches Perserkätzchen." Er musste schlucken bei der Erinnerung an Nachmittage, an denen er mit dem Tier gespielt hatte. Zögernd öffnete er den Karton und betrachtete die Überreste einer verblichenen Katze. Auch auf diesen Knochen lag ein vertrockneter Blumenstrauß wie eine Grabbeigabe.

Die Überreste der drei Katzen fanden ihre letzte Ruhe in der hintersten Ecke des großen Gartens, der zu dem Anwesen gehörte, und Ben und Trixie pflanzten einen Rhododendronbusch darauf, den sie aus einer anderen Ecke ausgruben und umsetzten.

„Möge dieser Busch üppig blühen und die Ruhe dieser lieben Tier behüten", flüsterte Ben fast unhörbar und schniefte vernehmlich. „Alle Gute, ihr drei." Damit wandte er sich ab, sichtlich bewegt.

***

„Genehmige dir einen Kaffee, Ben, ich mache ein Weilchen allein weiter auf dem Dachboden. Du bist noch zu aufgewühlt", meinte Trixie. „Beschäftige dich mit deiner Lichtshow, das lenkt dich ab."

Ben überlegte und stimmte dann zu. Er verschwand im Haus umgehend in der Küche, um sich ein Glas Bier einzuschenken, danach studierte er eine seiner Skizzen, mit denen er sich um seine technischen Installationen auf der Bühne kümmerte.

Trixie stapfte währenddessen zum Dachboden hinauf, öffnete dort das kleine Dachausstiegsfenster und sog tief die frische Luft ein, die nun von draußen hereinwehte. Der Duft der blühenden Magnolie vorm Haus war betörend und vertrieb die bedrückenden Bilder, denen sie noch kurz zuvor im Gästezimmer ausgesetzt gewesen war.

Vorsichtig zog sie eine der Schubladen einer ramponierten Kommode auf. Was würde sie hier erwarten? Neugierig wie ein Kind zu Weihnachten spähte sie hinein und sah darin ein zusammengerolltes Plakat. Sie nahm es heraus, rollte es behutsam auseinander und staunte nicht schlecht: Der große Frangipani wurde darauf angekündigt. Die Show hatte vor vier Jahren in der Stadthalle stattgefunden, sogar die Zeitung und ein Filmteam waren anwesend gewesen.

Ihr Kunde, das schräge Osterei, lächelte sie selbstbewusst auf dem professionell gestalteten Foto an, das ihn in einem glitzernden Zauberer-Kostüm zeigte. Ein attraktiver Kerl, dachte Trixie, offenbar gut geschminkt - oder am Computer verschönert. Nein, auch in Natura kann Ben sich sehen lassen, wenn er seinen Dreitagebart trägt. Der peppt sein Gesicht auf; glattrasiert wirkt er auf mich wie ein langweiliger Buchhalter. Besonders, wenn er die Haare unter einer Kappe verbirgt.

Im Hintergrund konnte sie auf dem Foto Tiere erkennen, undeutlich verdeckt von Nebelschwaden. Ein hübsches Mädchen mit langem dunklen Haar wirbelte durchs Bild – Fabrizia, wie Trixie sich erinnerte.

Woher hat Bens Tochter nur solch glänzendes schwarzes Haar bei dem weizenblonden Papa?, frage sie sich und flüsterte amüsiert: „Magie ist alles, ohne Magie ist alles nichts.“

Bens Ex muss eine rassige Südländerin sein, die diesem Mädchen ihre Haarfarbe vererbt hat, dachte Trixie. Demnach steht Ben auf den dunklen Frauentyp, kombinierte sie und spürte Enttäuschung in sich aufsteigen. Da konnte sie nicht mithalten mit ihren Goldblond gefärbten kurzen Haaren. Vielleicht sollte ich zu meiner natürlichen Haarfarbe zurückkehren, überlegte sie, aber wem gefallen schon rotblonde, dünne Strähnen? Ben bestimmt nicht. Der kann sich die Frauen doch aussuchen, der braucht nur mit dem Finger zu schnipsen und irgendein rassiges Girl hopst in sein Bett! Aber er behauptet ja, an Frauen keinerlei Interesse mehr zu haben.

Er hat bloß noch nicht die Richtige gefunden, plärrte da ungefragt das Stimmchen in Trixies Schädel. Wenn du dich ein wenig fraulicher zurechtmachen würdest, so mit Kleid, schickem Oberteil und Lippenstift, ja dann …

Was dann? Gar nix dann, wir sind einfach nur ein Kunde und seine angeheuerte Aufräum-Mietze. Da läuft nichts.

Bist wohl eifersüchtig auf die Trulla, mit der gemeinsam er seine Tochter hat, haha. Das lästige Stimmchen ließ nicht locker.

Allerdings, das bin ich, musste Trixie sich eingestehen. Aber einen Vorteil habe ich: Dieser berühmte Charmebolzen ist für mich greifbar, während andere Frauen ihn nur von Weitem anschmachten dürfen. Er steht nur wenige Meter von mir entfernt in der Küche, Ätsch. Hat wie jeder Mitmensch nervtötende Eigenschaften, die anderen auf den Geist gehen, aber auch gute. Mir gefällt es, wie einfühlsam er sein kann, wie hilfsbereit, und wie er mich zum Lachen bringt. Dazu ist er unglaublich kreativ in seinem Job. Und von seiner Energie kann ich phlegmatisches Exemplar mir noch eine Scheibe abschneiden. Der rennt mir auf dem Weg durchs Haus davon und betrachtet schon nachdenklich das nächste Gerümpel, während ich noch schnaufend hinter ihm her renne und dann, völlig außer Atem, neben ihm stehenbleibe.

Wie er wohl privat sein mag, wisperte das lästige Stimmchen in Trixies Kopf schon wieder. Ob er im Bett ebenso kreativ ist? Was glaubst du, Single-Weibchen? Möchtest du ihm nicht mal näherkommen und seine Künste außerhalb der Bühne ausprobieren? Sei nicht so schüchtern, überrasche ihn doch einfach mal, spornte ihre innere Stimme Trixie an. Du weißt doch, Magie ist alles, ohne Magie ist alles nichts.

Jetzt fängst du auch noch an, mir diesen dämlichen Spruch um die Ohren zu hauen, dachte Trixie. „Ich bin nicht schüchtern, nur zurückhaltend", maulte sie das Plakat in ihren Händen an, legte es zurück und begann, in den übrigen Schubladen herumzukramen.

Da, noch eine zerlesene Frauenzeitschrift, auf der Seite umgeknickt, auf der ein großer Bericht über den gefeierten Frangipani abgedruckt war. Ein wahrer Fan, diese Ilse, dachte Trixie. Sie kramte eifrig weiter in der Kommode, durchsuchte alles nach Informationen über ihren Kunden, stieß hier auf ein weiteres Plakat, fand dort ein Fotoalbum mit unzähligen ausgeschnitten Zeitschriftenartikeln und entdeckte zu guter Letzt noch mehrere Original-Autogrammkarten von Ilses Enkel. Dazu Aufnahmen von

Ben an der Seite verschiedener Frauen, von denen Trixie einige erkannte als Filmschauspielerinnen. Bilder von Ben in inniger Umarmung mit einer reizenden Blondine, mit einem braunhaarigen Lockenkopf, mit bekannten Modells, mit … ja, sogar einen Händedruck vom Bundeskanzler hatte er bekommen. Schnappschüsse von Ben, wie er gerade aus einem Flugzeug steigt und die Gangway betritt, von Ben, wie er seine Tochter spielerisch in die Luft wirft, wie er Autogramme gibt und wie er in ein Mikrofon spricht, im Hintergrund undeutlich zu erkennen eine Menschenmenge.

Und dann, eine verwackelte Aufnahme von Ben neben einer langbeinigen, dunkelhaarigen Schönheit. Sehr schlank, sehr geschmackvoll gestylt, der Traum eines jeden Mannes. Darunter der Text ‚Wenn auch Magie nicht mehr hilft – weltberühmter Zauberer trennt sich von untreuer Ehefrau‘.

Oha, dachte Trixie mitleidig, Glück im Beruf, Pech in der Liebe. Genau wie bei mir, resümierte sie. Gleichstand, lieber Ben.

***

Hat er sich inzwischen erholt von der Katzen-Beisetzung?, fragte sich Trixie eine Weile darauf. Ist ja ein Sensibelchen, dieser Mann. Interessant, den Menschen hinter den Kulissen kennenzulernen; tja, so können seine überwiegend weiblichen Anhänger ihn sich wohl schlecht vorstellen. Mal nachsehen, was er gerade so treibt.

Unten in der Halle fand sie ihren Kunden vor

elektronischen Geräten hockend, wo er sich durch ein Gewirr von Leitungen wühlte. Zwischendurch raschelte er immer wieder mit großen Papierbögen herum, auf denen Trixie verwirrende Skizzen erkennen konnte. Leise trat sie näher.

Ben war so konzentriert bei der Sache, dass er regelrecht zusammenfuhr, als sie ihn ansprach: „Großer Zauberer, warum lässt du nicht in deiner Vorstellung auch mal aus einer Katze einen Vogel werden, der über den Köpfen der Zuschauer eine Runde dreht und von alleine zu dir zurückfliegt? Fiel mir so ein, haha. Oder …" Sie dachte nach. „Aus einem Heavy Metal-Star, womöglich einem bekannten, der in deiner Show einen kurzen Auftritt hat und dessen Gitarrensolo über die Bühne fetzt, wird ein Geiger, der eine klassische Melodie zum Besten gibt."

Ben starrte sie an. Hatte sie ihn mit ihren laienhaften Ideen erreicht? War doch eigentlich nur Spaß gewesen, dieser Blödsinn, der ihr spontan in den Sinn gekommen war. Aber …

Ben stand langsam auf, seinen Blick in die Ferne auf etwas gerichtet, das Trixie nicht wahrnehmen konnte. Sie meinte förmlich, viele kleine Rädchen in seinem Gehirn sich drehen zu hören. Überlegte er etwa ernsthaft, ihre Vorschläge in Erwägung zu ziehen? Man, das wäre ja unglaublich. Sie, die Person, die noch niemals eine Zaubershow besucht hatte, kam dem Profi mit einigen durchgeknallten Ideen, die ihn zum Grübeln brachten?

„Offenbar hat ein Außenstehender wie du die besten Ideen", lobte er sie. „Grandioser Vorschlag, das mit dem Rocker, ich bin tatsächlich mit einem befreundet. Dann fehlt mir nur noch ein Geiger. Aber der wird sich auch anfinden", meinte er zuversichtlich. „Klasse, Mädel, Danke für die Inspiration! Erhältst Freikarten für dich und alle, die dir etwas bedeuten! Und mach mir die Freude, bald mal selbst zuzuschauen. Wäre schön, dich in der vordersten Reihe sitzen zu sehen, Häschen." Eindringlich blickte er ihr in die Augen.

Alle, die mir etwas bedeuten, dachte Trixie und sann nach, wer das sein könnte. Nicht sehr viele Menschen, wurde ihr klar. Ben selbst – haha, der braucht wohl kaum eine Freikarte für seine eigene Show.

***

„Nun denn. Wie wir beide wissen: Aufräumen ist alles, ohne Ordnung ist alles nichts. Also weiter im Takt", schlug er vor und schichtete seine Skizzen übereinander. „Auf dem Dachboden ist sicherlich noch einiges zu erledigen, stimmt's?"

„Nein, der ist abgehakt bis auf eine kleine Truhe. Die sehe ich mir demnächst mal an, da wird nicht viel drin sein", widersprach Trixie ihm. „Aber wir haben uns noch nicht Ilses Schlafzimmer angesehen. Ich wühle ja ungern in den privaten Sachen einer alten Dame herum, aber bestimmt hängen in ihrem Kleiderschrank etliche Klamotten, über die sich die Kleiderkammer freuen würde."

Gespannt öffnete sie eine der Schiebetüren des riesigen Schranks, in deren eingelassenem Spiegel das gegenüber stehende breite Bett wiedergegeben wurde. Jemand hatte nach Ilses Tod das Bettzeug abgezogen und die Tagesdecke über der Matratze ausgebreitet. Um diesen Bereich muss sich also niemand mehr kümmern, dachte Trixie und spähte nun gemeinsam mit Ben, der direkt neben ihr stand, in die Tiefen des Kleiderschranks hinein.

„Wow", entfuhr es ihr, als sie ihre Blicke über die hochwertigen Kleider, Röcke und Blusen wandern ließ. Die nächste Tür, die sie aufschob, enthüllte teure Pelzmäntel, feine Seidenschals und ein Kästchen mit etlichen kleinen Accessoires darin. Blitzende Broschen, funkelnde Armreifen, große Ohrgehänge – die Verstorbene hat es offenbar verstanden, sich elegant herauszuputzen, dachte sie.

Ben ließ seine Hände zärtlich über die Stoffe gleiten und schien seine Großmutter vor sich zu sehen, wie er sie einst gekannt hatte.

„Hast du mal ein Bild von Ilse?", wagte Trixie, ihn zu bitten. „Ich würde endlich gern mal die Frau sehen, in deren Klamotten ich jetzt herumstöbere. Ist doch eine recht intime Angelegenheit", fand sie und war peinlich berührt, als sie in einer der Schubladen im unteren Teil des Schranks Ilses Schlüpfer und Socken entdeckte.

War ihr normalerweise gleichgültig, gehörte eben zu ihrem Job, wie sie wusste. Aber Bens Anwesenheit schien sie sensibler zu machen. Doch als er sich spielerisch einen BH vor die Brust hielt und neckisch mit seinen Augen blinzelte, fiel die Befangenheit von ihr ab. Sind einfach nur Kleidungsstücke, sagte sie sich. Kleidungsstücke, die entweder im Müll landen, oder die sich irgendein armer Schlucker in der Kleiderkammer aussucht. Die

Unterwäsche natürlich nicht, so etwas entsorgt man. In Ilses Schlüpfer steigt keine andere Frau mehr hinein, dafür sorge ich.

Im hintersten Winkel, gut versteckt hinter den Pelzmänteln, da fand sich noch ein alter Koffer. „Was mag sie hier aufbewahrt haben?", raunte Ben und ließ den Verschluss aufschnappen.

Der Inhalt war eine Sammlung von unzähligen Zeitungsartikeln, alle sorgfältig ausgeschnitten und handschriftlich mit dem Erscheinungsdatum versehen. Nur noch nicht in die auf dem Dachboden gefundenen Alben einsortiert, das hat Ilse nicht mehr geschafft, erkannte Trixie.

Als offenbar glühender Verehrer ihres berühmten Enkels Ben hatte Ilse sich die Mühe gemacht, auch mehrere zusammengerollte Plakate in dem Koffer zu verstauen. Als Trixie sie nach und nach entrollte, kamen Ankündigungen zu Bens Auftritten zum Vorschein.

„Der Abend im Kurhaus in Bad Soden", raunte Ben selbstvergessen und schien die Bühne dort vor sich zu sehen. „Der Nachmittag in der Aula der Schule in Hamburg. Wie haben die verwöhnten Kids dort vor Begeisterung getobt! War für die mal was anderes, als auf ihren Smartphones herumzuwischen. Vor allem, als ich eine der Schülerinnen auf die Bühne gebeten habe, wo sie in das Bierfass klettern musste, in dem ich sie angeblich zersägen würde. Kam selbstverständlich total gesund wieder raus, die Kleine, aber wie die gestrahlt hat!" Die Erinnerung an diesen Auftritt ließ Bens Wangen glühen.

Da ist er ganz in seinem Element, dachte Trixie und

verfolgte, wie er eifrig ein Plakat nach dem anderen betrachtete. Das ist sein Lebenselixier, seine Berufung. Wie er darum zu beneiden ist …

Welche Schätze mögen noch auf dem Dachboden verborgen sein?, fragte sie sich. Dort steht doch eine Truhe, in die schaue ich gleich mal hinein, nahm sie sich vor. Soll Ben sich ruhig wieder seinem Kabelsalat in der Halle widmen.

*B*riefe, unzählige Briefe. In jeder Hand einen Stapel Umschläge, hatte Trixie vor der kleinen Truhe gekniet, die jemand so weit in eine Ecke geschoben und dann unter einer flusigen Wolldecke verborgen hatte, dass sie leicht übersehen werden konnte. Absicht? Wollte da jemand keine Geheimnisse preisgeben? Was mochte noch in dieser aus groben Holzleisten gezimmerten Truhe schlummern, was offensichtlich ‚Aus den Augen, aus dem Sinn‘ bleiben sollte? Waren diese Briefe so wertvoll für den Empfänger gewesen, dass er sich nicht endgültig von ihnen trennen mochte?

Gespannt hatte Trixie zunächst minutenlang an dem rostigen Schloss geknibbelt, das offenbar der gleichen Meinung war wie der einstige Besitzer diese Truhe. Verschlossen bleiben und bloß nicht auffallen, schien derjenige sich gedacht haben. So weit wegstellen, wie es nur möglich war.

Ja, meine Güte, hatte Trixie etwas genervt über das widerspenstige Schloss gedacht, an dem sie sich einen ihrer Fingernägel abgebrochen hatte. Wenn hier etwas aufbewahrt wird, das niemand finden soll, kann man es doch vollkommen entsorgen! Ab in den Müll damit, zum Donnerwetter. Wozu überhaupt noch aufbewahren? Wenn das elende Ding sich noch lange weigert, endlich aufzugehen, dann sitze ich nächste Woche noch hier. Blödes Teil!

Trixie hatte sich erhoben und der Truhe einen unsanften Tritt versetzt. Sie war ein Stück weiter nach hinten geschliddert, bis sie von einem Balken gestoppt worden war und … Simsalabim, der Deckel war ganz von selbst aufgeklappt! Da hatte sich offensichtlich etwas gelöst.

So einfach kann's gehen, hatte Trixie erleichtert gedacht und sich über den Inhalt gebeugt. Hatte einen alten Klappstuhl neben die Truhe geschoben, sich vorsichtig darauf gesetzt und begonnen, leise summend einige der Briefe auseinander zu falten und zu überfliegen. Einen nach dem anderen, und mit jedem waren ihre Augen größer geworden, blieben an Namen hängen, verhakten sich an Schilderungen. Alle Briefe waren von einer Frau namens Ottilie an Ilse geschrieben worden.

Dazu dieser Kinderschuh, der zum Beschweren auf dem Briefstapel gestanden hatte. Sichtbar alt und oft getragen, verströmte er noch immer einen leichten Geruch nach Mist und Schlamm, mit dem seine Außenseite rundherum beschmutzt war. Da musste das Kind wohl ausgelassen auf einem Bauernhof gespielt haben. Und Muttern oder Oma durfte das Gör anschließend in der Badewanne schrubben. Stammte dieser Treter von Ben? Und wo war der andere Schuh?, hatte Trixie sich gefragt und danach gesucht.

Der lag eingewickelt in einen Lappen, mit einem Bindfaden fest umschnürt, unter einer schmuddeligen grünen Strickjacke, an der mehrere Knöpfe fehlten, und war genauso abgelatscht und dreckverschmiert wie sein Zwilling. Seltsame Art, Fußbedeckungen aufzubewahren, hatte Trixie gedacht und die beiden Schuhe nebeneinander auf die Dielen des Dachbodens gestellt.

Als Ben dann durch die geöffnete Luke zum Dachboden gerufen und sich erkundigt hatte, ob hier oben denn noch viel zu ordnen sei und ob sie Hilfe brauche, hatte Trixie rasch die bereits durchgesehenen Briefe wieder zu einem Stapel zusammengeschoben, die übrigen obendrauf gelegt und alle in der Truhe untergebracht. Dann hatte sie den Deckel zugeklappt.

Im nächsten Moment hatte Ben auch schon vor ihr gestanden, und sie hatte auf die Schuhe gezeigt: „Bist du damit durch Matsch gelaufen?"

Er hatte einen der beiden Schuhe zur Hand genommen, ihn hin und her gedreht und überlegt. „Ist schon lange her", hatte er dann bedächtig geantwortet. „Natürlich besaß ich Sportschuhe wie diese. Ja, ich bin mir sicher, die gehörten mir. Tante Ilse war mir nie ernsthaft böse, wenn ich dreckig wie ein Schwein, das sich gerade im Schlamm gesuhlt hat, in ihre Villa kam nach dem Spielen draußen. Weißt du, Trixie", erläuterte er, „damals befand sich in der Nähe noch ein Bauernhof. Die Besitzer wurden zu alt, einen Nachfolger gab es nicht, und deshalb wurde das Anwesen vor einigen Jahren platt gemacht. Die letzten Schweine wurden geschlachtet, die Kühe verkauft und die Hühner in die Suppe gesteckt, haha."

Er war mit den Fingern über seine Bartstoppeln am Kinn gefahren: „Hm, muss mich rasieren. Jedenfalls, die haben mich immer gern gewähren lassen und sich gefreut, wenn ich ihnen zur Hand gegangen bin beim Füttern und beim Ausmisten des Stalls. Ilse unterhielt gute nachbarschaftliche Kontakte zu ihnen, denn der Bauer war der Schulfreund ihres verstorbenen Ehemannes Walter."

„Blieb Ilse denn allein als Witwe?", hatte Trixie gefragt. „Oder gab es nach Walter noch einen Mann in ihrem Leben?

„Tja, den gab es", hatte Ben begonnen, um nach einer kleinen Pause langsam fortzusetzen: „Er hieß Fritz. Ein Mann, von dem Ilse jahrelang behauptet hat, er sei doch nur der Gärtner gewesen. Walter hatte ihn bereits zehn Jahre zuvor eingestellt, Fritz machte sich an Ilse heran, und tatsächlich nahm er bald nach Walters Tod den Platz als Ilses Partner ein. Was sie bis zuletzt nicht zugegeben hat. Tatsächlich zupfte er mal hier, mal dort ein Pflänzchen im Garten aus und kümmerte sich um den Schnitt der Bäume, aber in Wirklichkeit machte er sich nicht nur am Grünzeug hier zu schaffen, haha. Gab man früher eben nicht zu, einen Lover zu haben. Waren noch andere Zeiten." Ein breites Grinsen hatte sich bei diesen Worten auf Bens Gesicht ausgebreitet.

Ob sie irgendwelche Briefe entdeckt habe, hatte er Trixie nicht gefragt; davon wusste er offensichtlich überhaupt nichts. Scheinbar desinteressiert hatte er Trixie auf dem Dachboden wieder allein lassen wollen und verkündet, nun den Braten in die Pfanne zu legen; er habe Kohldampf.

***

Dann wäre zumindest die Schuhfrage geklärt, hatte Trixie gedacht und überlegt: Zeige ich ihm auch irgendwann Ilses merkwürdige Korrespondenz? Denn die Briefe enthielten Aufzeichnungen über Leute, deren

Namen Trixie aus ihrer eigenen Kindheit noch vage vertraut waren. Männer und Frauen, die ihre Eltern gekannt hatten und die auch immer mal wieder bei ihnen zu Besuch gewesen waren. Menschen also, deren Lebenslinien sich mit denen von Trixies Mutter und Vater gekreuzt hatten, sei es, dass sie Verwandte ihrer Eltern gewesen waren, sei es, dass es sich um Freundinnen ihrer Mutter handelte. Oder um Nachbarn, die mal als Babysitter eingesprungen waren, als Trixies Mutter sich einer schweren OP im Krankenhaus hatte unterziehen müssen, während ihr Vater beruflich stark eingespannt gewesen war. Da Trixies Großeltern damals bereits alle verstorben gewesen waren und ihre einzige Tante, die Schwester ihrer Mutter, in Australien lebte, konnte sich in dieser schweren Zeit niemand um das damals achtjährige Mädchen kümmern.

Das freundliche Ehepaar Elfriede und Ulf Meyer von nebenan nahm sich des Kindes an, und Trixie verbrachte mehrere Wochen in ihrem Haushalt als Gast. Sie teilte sich das Kinderzimmer mit ihrer Tochter Irma und schlief dort auf einer Luftmatratze. Sie durfte in ihrem Garten spielen, sie durfte beim Erdbeerpflücken helfen und auf Bäume klettern, verstand sich blendend mit der sechsjährigen Irma und war entsetzt, als ihr Papa sie an einem Wochenende mit ins Krankenhaus nahm. Wie elend ihre Mama aussah! Dieser Anblick hatte Trixie noch lange in ihre Träume verfolgt.

Weshalb werden die Namen dieser Leute erwähnt in Briefen an Ilse?, hatte Trixie sich irritiert gefragt. Menschen, die meine Eltern kannten, aber doch nicht Ilse!

Oder? Haben unsere Familie irgendwelche Kontakte zueinander gehabt, von denen ich nichts weiß? Bin ich womöglich über tausend Ecken sogar mit Ben verwandt? Bei diesem Gedanken war ihr das Blut in die Wangen geschossen, und mit weit aufgerissenen Augen hatte sie so intensiv die Handschrift in einem der Briefe angestarrt, dass die Buchstaben vor ihren Augen verschwommen waren.

Ach was, ich zeige ihm noch nicht, zu wem Ilse Kontakt hatte; damit warte ich besser noch, hatte sie beschlossen und freundlich zu Ben gemeint: „Lass uns runtergehen, mir knurrt auch schon der Magen!"

Die restlichen Umschläge mit den irritierenden Briefen darin sollten eine Weile in der Truhe liegen, dachte sie jetzt. Trixie hätte nicht sagen können, was sie dazu gebracht hatte, Ilses Schriftverkehr vor Ben zu verbergen, aber als sie nun hinter ihm die Bodentreppe hinunter zur Küche ging, war sie erleichtert darüber. Weshalb nur? Was wollte das merkwürdige ‚Bauchgefühl' ihr sagen? Sollte sie auf diese Intuition hören? Erfahrungsgemäß wusste dieses diffuse ‚Gefühl' viel besser, was richtig für sie war, obgleich es ihr manchmal zunächst unverständliche Ratschläge gab. Ihr Verstand hingegen führte sie in die Irre, wenn sie ihm nachgab.

War es besser, Ben noch nicht einzuweihen in das Geheimnis? Konnte er ihr gefährlich werden? Wer war dieser ungewöhnlich Mann, dieser charmante, fesselnde Magier, der ganze Säle mit seinen unglaublichen Vorführungen begeistern konnte? Der sie gleich zu Beginn schon mit seiner wunderschönen Lichtinstallation in der

Halle fasziniert hatte?

War er vielleicht der Großcousin, über den sich ihre Eltern hinter vorgehaltener Hand den Mund zerrissen hatten? Sie hatten wohl angenommen, dass Klein-Trixie noch nicht begriff, was die spöttischen Bemerkungen ihres Vaters und die schnippischen Erwiderungen ihrer Mutter zu bedeuten hatten. Und doch hatte das Mädchen das undeutliche Bild eines verschrobenen Kerls mit zerzaustem Haar und schrägen Klamotten vor Augen gehabt, wann immer sie den Namen Benjamin gehört hatte. Benjamin, der Junge, der in Trixies Vorstellung in Schweden wie ein Einsiedler im Wald hauste … Sollte der ihr Kunde Ben sein? Der verrückte Benjamin, der bestimmt niemals eine Frau finden würde, der wohl besser mit schwedischen Elchen klarkäme als mit Menschen, haha? Der zu faul war, einen richtigen Beruf zu ergreifen und lieber über irgendwelche Bühnen tingelte?

Die Bemerkungen ihrer Eltern waren in Trixies Gehirn gespeichert wie Daten auf einer Festplatte. Niemand hatte sich jemals die Mühe gemacht, sie zu löschen, und sie beeinflussten Trixie bis zum heutigen Tag.

***

Was sie dann auf dem Dachboden entdeckte, als sie nach einer Kaffeepause zurückkam, in der Ben von seinem neuesten Zaubertrick geschwärmt hatte - ohne zu verraten, wie genau der durchgeführt wurde -, brachte Trixie vollends durcheinander.

„Meine Puppe!", rief sie überrascht aus und schlug sich

gleich darauf ihre Hand vor den Mund. Muss Ben ja nicht hören, dachte sie und spähte zu der ausziehbaren Bodentreppe. Da die Einstiegsklappe natürlich geöffnet war, konnte Ben sie womöglich hören, da er gerade darunter in der Diele stand. Doch er bekam offenbar nichts mit.

„Meine Tusnelda. Trägst immer noch den Manschettenknopf, wie ungewöhnlich. Den hatte ich dir an den Ärmel gesteckt", raunte Trixie der lebensgroßen, niedlichen Baby-Puppe zu, die ihr einst gehört hatte. Die sie wie kaum etwas anderes geliebt und überall hin mit sich herumgeschleppt hatte, die einen Ehrenplatz am Kopfende ihres Kinderbettes gehabt hatte, die eine von ihrer Mutter selbstgestrickte Jacke getragen hatte und der Trixie ein Lätzchen um den Hals gebunden hatte. Zur Erheiterung ihrer Eltern, die ihr davon abrieten, der Puppe etwas zu trinken zu geben. Tusnelda sei nicht durstig und würde die Milch sofort wieder ausspucken und dann müsse Trixie alles aufwischen und das wolle sie doch bestimmt nicht, oder?

Aber Trixie hatte ihrem kleinen Liebling doch vorsorglich ein Fläschchen in die Faust gesteckt mit den Worten: „Ich mag es nicht, wenn du Durst hast. Hier ist so'ne komische Flüssigkeit drin aus Papas Barschrank, ich glaube, das schmeckt dir; mein Papa trinkt davon jeden Abend ein Glas."

Verdunstet war das Bier immer noch nicht ganz, es schwappte noch ein wenig davon in dem Fläschchen hin und her, wie Trixie nun, über zwanzig Jahre später, feststellte. „Hättest gern einen Schluck davon probieren dürfen, Tusnelda", erzählte sie dem künstlichen Baby und musterte jedes Detail. Fand die winzige Beschädigung wieder, wo die zarte Puppenhand aus Versehen über einen spitzen Nagel geschrammt war. Erkannte die von ihr, dem vorwitzigen Mädchen, einst an der ,Kopfhaut' des künstlichen Babys mit einem dünnen Faden festgenähte Haarlocke, die sonst immer der Puppe in die Stirn gefallen war.

Eindeutig, diese Puppe hatte mir gehört. Die hatte ich meiner damaligen Spielkameradin Claudia geliehen und nie zurückerhalten, überlegte sie.

„Wie bist du hier gelandet, Tusnelda?", fragte sie die Puppe und strich ihr liebevoll über die Wangen. „Ach, erzählt es mir", flüsterte sie ihr ins Ohr.

Hätte Tusnelda sprechen können, sie hätte Trixie berichtet, wie Claudia sie, die Puppe, während einer Bahnfahrt im Zug vergessen hatte und Ilse sie dort gefunden und mit zu sich nach Hause genommen hatte.

Der Junge, der damals manchmal bei Ilse zu Besuch gewesen war, hatte nicht mit Tusnelda spielen dürfen, da er ein Bub war. Buben spielen nicht mit Puppen, hatte Ilse gemeint und die Puppe auf dem Dachboden untergebracht. Als Dekoration in ihrer Villa hätte Tusnelda zu schäbig ausgesehen, denn Kinderhände hatten sie nicht immer pfleglich behandelt beim Spielen. Aber wegwerfen mochte Ilse sie auch nicht. So hatte Tusnelda, immer noch das Fläschchen mit dem Bier darin in ihrer Faust, viele Jahre unbeachtet auf dem Dachboden verbracht.

„Wie gehören die Puzzleteile nur zusammen?", raunte Trixie der Puppe ins Ohr, spürte aber, dass es irgendwelche

Verbindungen von ihr selbst zu Ilse und Ben geben musste.

Bens Großmutter Ilse ist die Schwester meiner eigenen Großmutter Anna gewesen, überlegte Trixie. Sie wusste von dem unerbittlichen Streit zwischen den beiden Frauen, die sich in jungen Jahren in denselben Mann verliebt hatten. Beide Seiten der Familie hatten schließlich keinen Kontakt mehr zu der jeweils anderen, und so kannte Trixie diese Verwandten nur vom Hörensagen.

„Ein wenig Magie würde mir helfen, dieses Geheimnis zu lüften", erklärte sie Tusnelda. „Denn weißt du, Tusnelda: Magie ist alles, ohne Magie ist alles nichts!" Bens Wahlspruch hatte sich in Trixies Kopf eingenistet.

Die Puppe hörte geduldig zu, ohne zu antworten.

*J*etzt kommt nur noch der Keller dran, dann bist du mich los", kündigte Trixie an und stellte ihren Kaffeebecher ins Spülbecken in der Küche, wo sie ein vermutlich letztes gemeinsames Frühstück mit Ben eingenommen hatte.

„Hm, nur noch", meinte Ben gedehnt und runzelte seine Stirn. Machte sich am benutzten Geschirr zu schaffen, brauchte doppelt so lange wie sonst dafür, schrubbte jeden Teller inbrünstig und nervte Trixie, die mit einem Geschirrhandtuch neben ihm stand, um die Sachen trocken zu wischen und in den Schrank zu stellen.

„Ja, worauf wartest du denn eigentlich?", blaffte sie ihn schließlich ungeduldig an, als er, beide Hände im heißen Spülwasser, bewegungslos die Wand anstarrte. „Lass uns die ganze Aktion endlich beenden, auf mich warten noch andere Kunden, Ben! Ich kann mir kein sinnloses Trödeln erlauben."

Seine Reaktion war seltsam. Genauso seltsam, wie es sein Aufschieben war. Wann immer Trixie die Sprache auf den Keller brachte, begann Ben mit anderen Arbeiten, die nach Trixies Ansicht unwichtig waren.

Hat dieser gestandene Mann Angst, dass es dort unten spukt?, fragte sich Trixie. Ich kann dem ja mal nachhelfen, werfe mir ein weißes Bettlaken über und stürme laut ächzend aus dem Kellerverlies heraus, Ben entgegen, haha.

Oder … möchte er nicht, dass ich gehe? Ich werde nicht schlau aus ihm, dachte Trixie. Dann begebe ich mich eben allein in den Keller, mehr als einige eklige Spinnen und schlimmstenfalls eine Ratte werden mich dort nicht erwarten. Und gegen eine Ungeziefer-Plage gibt es Kammerjäger, die verjagen solche ungewollten Hausbewohner.

Also, wovor sollte ich mich fürchten?, fragte Trixie in Gedanken trotzig ihre innere Stimme. Diese Stimme, sonst immer so vorlaut, schwieg diesmal. Verwundert horchte Trixie in sich hinein, als wolle sie sie zum Reden bringen. Nichts. Wie merkwürdig, dachte sie. Empfängt sie dermaßen negative Schwingungen, dass es ihr die Sprache verschlagen hat? Dass sie mir nicht beistehen kann mit ihren Ratschlägen? Die feinen Härchen auf ihren Armen stellten sich auf und ließen Trixie ungewöhnlich nervös werden, als sie ganz langsam, Schritt für Schritt, die alten, ausgetretenen Holzstufen zum Keller hinabstieg. Brr, es wurde mit jedem Schritt in die Dunkelheit hinein kälter.

Trixie schlang fröstelnd ihre Strickjacke enger um den Oberkörper und nahm die zarten Wölkchen wahr, die bei jedem ihrer Atemzüge entstanden.

Was für ein gruseliges Verlies, dachte sie und suchte nach einem Lichtschalter. Tastete sich mit ihren Fingerspitzen an der rauen Kellerwand entlang, fiel beinahe über einen Stuhl und fluchte recht undamenhaft.

„Na endlich!", entfuhr es ihr erleichtert, als sie den uralten Drehschalter endlich entdeckte. Sie betätigte ihn und vernahm dabei ein Knacken. Eine einzelne Funzel an der Decke erhellte nun notdürftig den langgezogenen

Raum, gab jedoch kaum genug Licht, damit Trixie sich gründlich umsehen konnte. Aber sie musste alles in Augenschein nehmen, entscheiden, welche Gegenstände in den Müll gehörten und wo die übrig gebliebenen Dinge untergebracht werden konnten. Ach, hätte sie doch eine Taschenlampe bei sich! Aus Erfahrung wirst du aber nicht klug, schimpfte sie mit sich selbst. Dabei kam es nicht zum ersten Mal vor, dass sie sich durch einen nur schwach beleuchteten Raum hindurchtasten musste.

Hier befand sie sich im Heizungskeller, erkannte sie und schlich an dem großen Heizkessel entlang weiter. Das ist eine Abstellkammer, dachte Trixie im nächsten Raum und ließ ihre Blicke über bunte Polster für Gartenliegen und übereinander gestapelte Klappstühle wandern. Lieber Ben, HIER solltest du vielleicht auch Lampen anbringen, dachte sie und tappte vorsichtig weiter an ausgemusterten Möbeln vorbei. Hörte es unter ihren Schuhen knirschen, beugte sich nach vorn und sah etwas auf dem schmuddeligen Fußboden glitzern. Sagte sich, dass wohl jemandem eine Flasche aus der Hand gefallen war. Bemerkte Einweckgläser mit Gemüse darin auf den Regalen an der Wand. Setzte behutsam weiter einen Fuß vor den anderen, hielt sich an einem mit Gerümpel vollgestellten Tisch fest und musste schließlich vor einer großen Truhe stehenbleiben, an der sie nicht vorbeikam, denn auch der verbliebene schmale Gang daneben war zugemüllt.

**

Es war eine Kühltruhe, erkannte Trixie. Der Deckel war

geschlossen, und obendrauf stand ein vertrocknetes Blumengesteck. Der zur Truhe gehörende Stecker war mit der Steckdose an der Wand verbunden. Na, wer weiß, was hier drin sein mag, was noch gekühlt werden muss, dachte Trixie beklommen. Vielleicht Tiefkühlerbsen, haha?

Sie hörte die Truhe leise und gleichmäßig summen – klingt beruhigend, solch ein vertrautes Geräusch, dachte sie - und wollte sich schon abwenden, da hörte sie, wie sich Schritte näherten. Im nächsten Moment tauchte Ben wie ein Gespenst aus dem Halbdunkel auf. Mit seinen Augen schien er sie geradezu aufspießen zu wollen, als er neben ihr stehenblieb und zunächst sie anstarrte, dann die Truhe. Niemals zuvor hatte Trixie eine solche Beklemmung verspürt wie jetzt in unmittelbarer Nähe dieses Mannes. Niemals zuvor war ein Kunde ihr so unberechenbar erschienen wie dieser Mann. So wechselhaft in seinen Launen, so irritierend. Es ist doch nur Ben, das Osterei, versuchte sie sich selbst zu beruhigen. Der berühmte Zauberer Frani ... Frangi ... Wie nannte er sich? Seltsamer Künstlername.

Unwillkürlich wich sie jedoch einen Schritt zurück und krächzte mit heiserer Stimme: "Hi, Ben ... Meinst du nicht auch, dass man hier für mehr Licht sorgen sollte?"

„Um alles zu erhellen, was es zu entdecken geben könnte?", entgegnete er und zog eine Grimasse, die Trixie an die Geisterbahn auf dem Rummelplatz denken ließ.

Beatrix! Beruhige dich, bist doch ein großes Mädchen. Geh den Schrott hier unten noch durch, verschwinde aus diesem Haus und sende Ben die Rechnung für deine angefallene Arbeit!, befahl sie sich selbst.

Aber ihr Magen grummelte laut, als wolle er sagen ‚Sei schlau und hau ab, bevor es zu spät ist, Mädel!'

Ben lachte: „Na, Frühstück nicht vertragen? War die Marmelade verdorben oder der Kaffee zu stark? Konnte Tote aufwecken, stimmt's?"

Argwöhnisch sah Trixie ihn an. Tote aufwecken, hm. Ist da etwas Ungewöhnliches in der Truhe? Was weiß Ben?

Quatsch mit Soße, vernahm sie ihr inneres Stimmchen, aufdringlich wie immer. Frag ihn doch, öffne gemeinsam mit ihm diese vermaledeite Truhe und: BERUHIGE DICH ENDLICH! Falls dein Kunde der durchgeknallte Mörder ist, für den du ihn hältst, bringst du ihn durch dein Verhalten erst recht auf dumme Ideen. Gib dich locker, du bist eine taffe Frau, Trixie, die alles schafft!

Natürlich, erwiderte sie in Gedanken, konnte aber nicht verhindern, dass ihre Schultern nach unten hingen und sich auf ihrem Gesicht ein ängstlicher Ausdruck breitmachte. Noch halte ich Ben, diesen einfühlsamen, sensiblen Mann, nicht für einen Kriminellen. Ich weiß nur nicht, liebes Stimmchen, was ich von seinem Zögern halten soll; alle Arbeiten, die mit dem Keller zusammenhängen, versucht Ben aufzuschieben. Macht er das aus purer Faulheit, oder steckt mehr dahinter? WAS WEISS BEN?, schrie sie ihre innere Stimme in Gedanken an.

Beherzt begann sie sich am Deckel der Kühltruhe zu schaffen zu machen; er ließ sich nicht öffnen. Dann wurde sie jedoch jäh unterbrochen von Ben, der ihre Arme umklammerte und sie sanft, aber beharrlich wegschob.

„Dafür bin ich zuständig, wir befinden uns in MEINEM Haus, verehrte Frau Haase", hörte sie ihn hinter sich sagen, und seine Stimme hatte einen gehetzten Tonfall angenommen. Gehetzt wie ein Tier, das in der Falle saß.

Nanu, plötzlich siezt der mich wieder?, überlegte Trixie und war irritiert. Will er den Macho spielen, nach dessen Pfeife ich zu tanzen habe? Sie spürte Wut in sich aufsteigen und räusperte sich.

„Herr Oster, damit wir uns richtig verstehen: ICH bestimme, wie hier aufgeräumt wird, und wenn Sie mich daran hindern, meinen Job auszuführen, dann gehe ich auf der Stelle. Die Rechnung für die bereits geleisteten Arbeiten sende ich Ihnen in den nächsten Tagen zu und erwarte, dass Sie sie pünktlich zahlen. Und nicht wie hier zu Ihrer Verzögerungstaktik greifen! Ben", wandte Trixie sich an ihn und schaute direkt in seine braunen Augen, „ich verstehe dein Verhalten nicht, aber so kommen wir nicht weiter. Wirst du mir nun bitte helfen, diesen dusseligen Deckel zu öffnen", sie schnippte ungehalten mit ihrem Mittelfinger gegen den Verschluss, „oder muss ich davon ausgehen, dass sich in dieser Truhe etwas befindet, das sich mal die Polizei ansehen sollte?"

Ich hab ins Schwarze getroffen, dachte sie, als Ben im Gesicht rot anlief und vernehmlich nach Luft schnappte. Gutes Urteilsvermögen, liebes inneres Stimmchen, lobte sie. Ich sollte tatsächlich viel öfter auf dich hören, anstatt dich abzubügeln, haha.

Recht so, bist einsichtig, kam die Antwort, dann schwieg die Stimme in ihrem Kopf.

Trixie bemerkte, wie Ben in einem Werkzeugkasten kramte, der auf dem Fußboden stand, und im schwachen Lichtschein einen Schraubenzieher daraus hervorzauberte.

Magie ist alles, ohne … Ach, Ruhe da oben, raunzte Trixie in Gedanken, denn Bens Spruch in Endlosschleife in ihrem Gehirn ging ihr allmählich auf die Nerven.

„Voilà!", mit übertriebener Geste präsentierte Ben das Werkzeug, mit dem er offenbar dem störrischen Schloss zu Leibe rücken wollte. Hielt es hoch wie ein Karnickel, das er gerade aus einem Hut herausgezogen hatte.

Fehlt nur noch die Verbeugung, dachte Trixie amüsiert. Endlich, nun bin ich aber neugierig!

Ben stellte das Blumengesteck, aus dem sich nun einzelne Blüten lösten und zu Boden fielen, achtlos auf einen alten Korbstuhl und machte sich am Schloss der Truhe zu schaffen.

Mit einer Mischung aus Erleichterung und nervöser Spannung verfolgte Trixie nun jede seiner Bewegungen.

Es knarzte, es quietschte; das Schloss weigerte sich, Bens Fingern zu gehorchen.

„Verflixtes Ding!", wetterte er schließlich und griff zu einem Vorschlaghammer, der sich ebenfalls im Werkzeugkasten befunden hatte. Zwei heftige Schläge – plötzlich sprang der Deckel ganz von allein auf.

Trixie und Ben rückten beide nahe an die handbreite Öffnung heran und drückten mit vereinten Kräften den Deckel ganz auf.

„Puh!", entfuhr es beiden synchron, und einer stolperte über den anderen, als sie beide so rasch wie möglich zurückwichen.

S chlimmer als von zwanzig verwesten Katzen, dieser Geruch, schoss es Trixie durch den Kopf. Naja, was hier liegt, ist ja auch deutlich größer, haha. Spar dir deinen Humor, fauchte sie in Gedanken, das hier … Das da drin ist nicht lustig!

Der Klumpen, den sie wahrnehmen konnte, steckte in Klamotten, wie sie von Gärtnern bevorzugt getragen werden. Eine grüne Hose bedeckte die Beine der Gestalt, darüber trug der Tote ein schwarzes T-Shirt. Einer seiner Füße ragte heraus und war nur mit einem Socken verhüllt. Und das Gesicht … ein Mann, wie die Reste eines einstigen Barts verrieten. Ein knochiger Schädel, über den sich Hautreste spannten. Leere Augenhöhlen und ein grinsendes Gebiss - ein grausiger Anblick. Oh man, der Anblick wird mich in Albträumen heimsuchen, befürchtete Trixie. Schaudernd wandte sie sich ab und spürte ihre Magensäure hochsteigen. Nicht auch noch übergeben!, flehte sie still und versuchte, das Frühstück bei sich zu behalten.

Viele der Körperteile waren allerdings unter großen Packungen mit Tiefkühlgemüse und Pizzakartons verborgen, und alles war mit einer dünnen Schicht kleiner Eiskristalle bedeckt. Zaghaft näherte Trixie sich wieder und las die aufgedruckten Mindesthaltbarkeitsdaten auf den Lebensmittelverpackungen, sofern sie noch erkennbar waren: längst abgelaufen, viele schon seit Jahren.

„Fritz ist noch einigermaßen erhalten, denn die Truhe lief fast ununterbrochen seit damals. Zwei-dreimal gab es hier einen Stromausfall im ganzen Gebäude, naja, sind eben alte Leitungen. Okay, hübsch war Fritz auch schon zu Lebzeiten nicht. Da der Deckel geschlossen war, konnte sich sein Gestank kaum im Keller ausbreiten. Hat höchstens ein wenig gemüffelt, wenn man runterkam, aber außer mir hat keiner mehr den Keller betreten. Ilse mochte keine Pizza", erklärte Ben mit schwankender Stimme. „Aber jetzt entweicht der Mief natürlich."

„Jetzt entweicht er natürlich, und Ilse mochte keine Pizza", wiederholte Trixie fassungslos und dachte: Ich entweiche auch gleich, und zwar nach Hause, wo ich in einem heißen, duftenden Schaumbad in meiner Wanne untertauche, mich dann mit Alkohol zudröhne und die nächsten Tage und Nächte durchschlafe, du Irrer!

„Hast du davon gewusst, Ben?", fragte sie und wies mit ihrer Hand auf den Körper. „Du kennst seinen Namen … Bist du für seinen Tod verantwortlich? Hast du ihn zugedeckt mit Erbsen, Möhren und Pizza? Und weshalb trägt er keine Schuhe?" Sie schaute erneut zu dem mit einem dicken Socken bedeckten Fuß.

Keine Reaktion. Ben stand regungslos vor der geöffneten Kühltruhe.

„BEN!", schrie Trixie ihn an.

Er zuckte zusammen und schien wie aus weiter Ferne zur Erde, in die Villa, in diesen Keller zurück zu kommen.

Hat dein Navi versagt?, schnauzte Trixie ihn im Geiste an. Hast du einen kurzen Trip in die Vergangenheit gemacht und nur mühsam wieder zurückgefunden? Hast du wieder vor dir gesehen, wie du ihn erledigt hast? Wie du diesen Mann in die Truhe hineingeworfen hast wie einen Sack Mehl, ihn dann mit Tiefkühlvorräten zugedeckt und zuletzt die Blumen obendrauf platziert hast wie ein Grabgesteck?

Endlich rührte Ben sich wieder, räusperte sich und meinte: „Lass uns ins Wohnzimmer gehen, Trixie. Es gibt einiges zu erklären. Es mag dir schwer fallen, mir zu glauben, aber …" Er holte tief Atem und fuhr dann fort: „Aber ich kann nur das erzählen, was damals geschehen ist. Und, Trixie", setzte er mit eindringlicher Stimme hinzu, „nichts davon war von mir beabsichtigt."

Er beugte sich über den Toten und zog vorsichtig ein kleines Büchlein zwischen dessen knochigen Fingern hervor. „Das hab ich ihm gelassen, da er es entdeckt hatte. Aber nun nehme ich's mit, er wird's nicht mehr lesen wollen."

Wie kaltschnäuzig, so über einen Toten zu reden, dachte Trixie entsetzt. Von wegen, Ben, der einfühlsame Kerl! Eiskalter Mistkäfer, dieser Zauberer. Oder hat er Fritz – sie warf dem Gerippe einen flüchtigen Blick zu – so sehr gehasst? Auf Bens Ausflüchte, die er mir gleich auftischen wird, bin ich gespannt.

***

„Ein Buch, das zu einem Arsch – Verzeihung, zu einem Affen wie Fritz nicht gepasst hätte", begann Ben und ließ Trixie den in goldenen, verschnörkelten Lettern gedruckten Buchtitel lesen: ‚Gedichte, die das Herz erwärmen', konnte sie entziffern.

Dann blätterte Ben vorsichtig die völlig zerlesenen Seiten um, von denen einige nur noch lose in dem dünnen Büchlein lagen.

Trixie schaute ihm dabei zu und registrierte die eine oder andere handschriftliche Bemerkung bei einem der Gedichte. Geschrieben mit Tinte in einer sorgfältigen Handschrift, musste der Schreiber gerade dieses Gedicht am meisten gemocht haben. Ein winziges gemaltes Herz am Seitenrand vervollständigte die wehmütigen Worte des Unbekannten. Dieser Mensch war offenbar ein weitaus gefühlvollerer Typ als Ben es ist, dachte Trixie. Wer mag das gewesen sein?

„Vorn hat Walter seiner Ilse außerdem noch eine Widmung hineingeschrieben", flüsterte Ben. „Er war zu sensibel für diese harte Welt, und Ilse hat sich über seine Texterxüsse lustig gemacht." Er hob ein zerknittertes Schwarzweiß-Foto auf, das in dem Buch wie eine Markierung bei dem Gedicht gesteckte hatte und zu Boden gefallen war.

Eine hübsche Frau, ungefähr sechzig Jahre alt, war auf dem Schnappschuss zu erkennen. Sie wurde innig umarmt von einem kräftigen Mann, der in den gleichen Klamotten steckte wie der Tote in der Kühltruhe.

Ilse mit ihrem Liebhaber, dem Gärtner, kombinierte Trixie. Und Walter ist der Gehörnte in dieser unheilvollen Dreiecksbeziehung gewesen.

„Fritz war der letzte Mann in Ilses Leben", bestätigte Ben ihre Vermutung. „Sie kannte ihn bereits, als ihr Ehemann Walter noch lebte. Er hatte ihn als Gärtner

74

eingestellt. Aber Fritz hat nicht nur den Garten bearbeitet", setzte Ben zweideutig hinzu. „Und Walter wusste es. Das hat ihn umgebracht, er ist an gebrochenem Herzen gestorben. Ist immer fit gewesen und dann eines Tages … ‚Plötzlich und unerwartet', wie es in Todesanzeigen manchmal heißt. Wenn Fritz da mal nicht nachgeholfen hat", spekulierte Ben. „Zuzutrauen wäre es ihm gewesen, nach allem, was ich über ihn erfahren habe."

„War der Gärtner ein Heiratsschwindler, der erst die Ehemänner um die Ecke brachte und sich dann an die Witwen heranmachte?", überlegte Trixie und schaute Ben in die samtbraunen Augen.

„Hast' es erfasst, Sherlock", staunte Ben. „Gute Auffassungsgabe."

„Und was macht dieser Kerl nun eigentlich in der Kühltruhe?", erkundigte sich Trixie. „Wollte er Essen kochen für seine Ilse und hat nach den Erbsen gesucht?"

***

„Es ist zwei Jahre her", begann Ben im Stile eines Märchenerzählers. „Ich war mal wieder bei Ilse zu Gast; schon meine Kindheit spielte sich überwiegend bei ihr ab, denn meiner Mutter war ich egal, sie hat mich nie gewollt."

Er atmete tief aus und fuhr dann fort: „Jedenfalls war Oma Ilse mein Fels in der Brandung, und ich verbrachte den größten Teil meiner Freizeit in dieser Villa. Ich ging nach Schulschluss gar nicht erst zu der Unterkunft, in der meine Eltern und ich wohnten, sondern gleich zu Ilse – die ich übrigens nicht ‚Oma' nennen sollte, da war sie eitel. Nee, als soo alt wollte sie nicht gelten. Ich saß neben ihr und Walter, später ersetzt durch Fritz, am Mittagstisch und ließ es mir schmecken. Die Köchin hatte wirklich was drauf, und von der hab ich eine Menge gelernt, wie du inzwischen weißt."

Ben machte eine kurze Pause und erzählte weiter: „Also habe ich mitbekommen, wie Walter allmählich durch Ilses Lieblosigkeit seelisch zugrunde ging, denn ich war zwar noch ein Kind, aber deshalb nicht blöd, wie viele Erwachsene offenbar annehmen. Walter, einst ein vitaler Mann, der mit mir in meiner Kindheit Wettrennen durch den weitläufigen Park hinter dem Haus machte und mich lachend auf einen Baum scheuchte, jemand, der beim Tischtennis jeden Gegner besiegen konnte - dieser Mann wurde immer schweigsamer und unausstehlicher. Fritz, sein Gärtner, machte Ilse unverhohlen den Hof und verbrachte manche Stunde mit ihr zusammen in dem Holzhäuschen, in dem sich außer Gartengeräten auch eine Liege befindet. Walter hatte irgendwann nicht mehr die Kraft, sich zu wehren. Fritz war ihm körperlich überlegen und drohte mehrmals, ihm die Heckenschere über den Schädel zu ziehen. Walter zog sich zurück, aß nur noch wenig, lag im abgedunkelten Schlafzimmer im Bett und zog sich die Bettdecke über den Kopf. Er wollte nichts mehr hören oder sehen von Ilse und ihrem Liebhaber. Und schließlich fand die Putzfrau ihn eines Morgens tot im Bett vor. Offiziell war es Herzversagen, inoffiziell …" Ben verstummte und fixierte einen Fleck auf der Sitzfläche des Sofas, wo er neben Trixie saß.

„Als du älter wurdest, Ben, hast du dich gerächt für das Unrecht, das Walter angetan worden war?", wollte Trixie wissen.

„N … Nein", stammelte Ben und stieß einen lautes Schnaufen aus. „Nein, es kam anders. Nach Walters Tod vergingen noch einige Jahre, in der Ilse versuchte, ihre Falten im Gesicht mit teuren Cremes zu glätten und die grauen Haare wieder blond werden zu lassen, haha. Sie hängte sich Fummel um, die schon an Teenagern albern aussehen, verschwand schließlich für eine Weile in einer Klinik und kam nach der Schönheits-OP mit gestraffter Gesichtshaut zurück. Ließ sich die herunterhängende Haut an ihren alten Oberarmen abschnippeln und ihren Busen wieder prall werden. Ließ sich die Lippen aufspritzen, so dass ich zunächst glaubte, eine Wespe habe sie gestochen, und und und. Wofür? Für ihren heimlichen Geliebten, der offiziell weiterhin nur der Gärtner war. Sie war siebzig, Fritz erst fünfundvierzig, da muss eine Frau sich eben verjüngen, haha."

„Hat's denn was gebracht, was meinst du? Ist er ihr treu gewesen?", fragte Trixie und dachte: Wie verrückt doch manche Frauen sind.

„Nee, Fritz war immer auf Abwegen. Als ich mal in Süddeutschland aufgetreten bin, erkannte ich Fritz, eng umschlungen mit einer anderen aufgemotzten alten Schachtel. Er hat mich nicht bemerkt, aber ich bin den beiden hinterher geschlichen und habe gelauscht. Ein recht aufschlussreiches Gespräch führten die beiden, und mir wurde klar, dass sich Fritz – der sich dort mit ‚Dieter' anreden ließ – an mehrere reiche Frauen herangemacht hatte. So ein Heiratsschwindler muss eben umtriebig sein, um Kohle zu machen." Ben verzog sein Gesicht zu einer hämischen Grimasse. „Soll sich schließlich lohnen. Ist bestimmt anstrengend, abwechselnd bei verschiedenen Damen den Lover zu geben, immer körperlich fit genug für alles zu sein."

Schon klar, was du damit sagen willst, dachte Trixie und konnte sich ein amüsiertes Grinsen nicht verkneifen.

„Wär das kein Job für dich, großer Frangipani?", zog sie Ben auf. „Kannst die Frauen mit deiner Lichtshow beeindrucken, dann ein Verhüterli aus dem Ärmel rutschen lassen und die Dame verzaubern, haha. Denn weißt du, Magie ist alles, ohne Magie ist alles nichts", setzte sie hinzu und duckte sich rasch, als Ben spielerisch mit erhobener Hand eine Ohrfeige andeutete. „Hat ein weltberühmter Zauberer mir verraten", setzte Trixie hinzu.

„Ein Konkurrent also. Wie ärgerlich", raunte Ben und wurde dann wieder ernst. „Nee, vermutlich muss der Typ da in der Truhe ein reges Abenteurerdasein geführt haben. Du glaubst nicht, wie der Ilse vollgeschleimt hat, wie zuckersüß er zu ihr war. Wie aufmerksam und lieb und charmant … und wie verlogen", schloss er und presste seine Lippen zu einem dünnen Strich zusammen. „Dass meine Oma Geld wie Heu hatte, war dem Halunken nicht verborgen geblieben, und er spekulierte auf ihr Erbe. Immer häufiger bekam meine arme Oma seltsame Beschwerden, die wohl durch die heimliche Gabe von bestimmten Medikamenten oder Tropfen ausgelöst werden können. Zum Arzt gehen wollte sie nicht, nein, sie doch nicht, die attraktive Frau an der Seite ihres Fritz. Ich unterstelle ihm, dass er versucht hat, meine Oma nach und nach zu vergiften, bis er sie hätte beerben können. Doch dann hat er sich selbst außer Gefecht gesetzt."

„Was ist geschehen, Ben?" Trixie wollte endlich erfahren, was Fritz zugestoßen war und welche Rolle Ben dabei gespielt hatte.

Ben spürte ihre Ungeduld. „Mich hat er gehasst, denn er wusste, dass ich ihn durchschaut hatte. Meine Anwesenheit wurde zu einem Risiko für ihn, und er verprügelte mich beim geringsten Anlass. Strangulierte mich absichtlich, bis ich nach Luft schnappte und drohte mir mit noch viel schmerzhafteren Maßnahmen, sollte ich auch nur ein Wort darüber verlieren! Er schüchterte mich ein, machte mir Angst, ließ mich den Mund halten. Bis eines Tages ..." Ben verstummte.

„Bis eines Tages ... Ben, mach's nicht so spannend", drängte Trixie.

***

„Wie gesagt, ich war hier zu Besuch. Ich suchte im Keller in einer Schublade nach einem Tennisball, da fiel mir eine Flasche in die Hände, in der sich eine Flüssigkeit befand. Der Aufkleber - ein gelbes Dreieck mit einem Totenkopf darauf - verriet mir, dass es Gift war. Als ich hörte, wie Fritz die Kellertreppe runterkam, war es schon zu spät, die Flasche zu verstecken. Dummerweise hatte ich eine meiner Zauberrequisiten, eine große hölzerne Keule, auf einem Tischchen neben der Kühltruhe abgelegt, um nach dem Ball suchen zu können. Diese Gelegenheit wollte Fritz nutzen, schnappte sich die Keule und wollte mich damit schlagen. Ich sah den irren Ausdruck in seinen Augen. Du glaubst nicht, WIE irre ein Mensch dich anschauen kann, Trixie", meinte Ben. „Ich reagierte spontan und versuchte, mich zu wehren. Fritz sprang nach hinten, stolperte und ging zu Boden, wobei er mit seinem Kopf auf die Kante der Truhe schlug." Ben sah Trixie an.

Sie nickte ihm zu. Ja, ich hab's verstanden, signalisierte sie ihm. Schädel gebrochen, das war's.

„In Panik hab ich den Deckel der Truhe weit geöffnet, Fritz auf meine Schultern gewuchtet und seinen Körper in der Truhe versenkt. Auf dem Fußboden konnte er ja schlecht liegenbleiben; man hätte mir vorwerfen können, dass ich ihn gestoßen habe. Wie hätte ich das widerlegen können? Zu wem hätte Ilse gehalten? Zu ihrem Liebhaber oder zu mir, dem Enkel? Ich konnte sie nicht einschätzen, so sehr, wie sie sich von Fritz hat umgarnen lassen. Niemand durfte etwas gegen ihren Liebsten sagen, er war ihr unfehlbarer Märchenprinz." Ben stieß hörbar seinen Atem aus. „Jedenfalls, da liegt er nun seit zwei Jahren und modert vor sich hin. Den vermisst wohl keiner mehr", meinte er. „Fritz mag ja nicht einmal seiner richtiger Name gewesen sein. Einen Ausweis konnte ich in seinen Habseligkeiten nicht finden, womöglich gab es keinen. Nur einen Manschettenknopf mit einem eingravierten F habe ich entdeckt. Liegt jetzt bei meinen Socken."

Wie seltsam, dachte Trixie, so einen trägt Tusnelda auch.

W as machen wir denn jetzt mit seinen Knochen?"
fragte Trixie Ben. „Willst du ihn da liegenlassen?
Also, zu meinen Aufgaben gehört ja nicht die Beseitigung
einer Leiche", meinte sie. „Aber würde es dir gefallen,
dieses Knochengestell neben deinen Lebensmittelvorräten,
die du dir sicherlich anlegst, zu wissen? Bei jedem Griff zu
eingelegten Gurken an Fritz zu denken? Kann ich mir
nicht vorstellen, Ben."

„Ich hätte keinen Appetit mehr", gab er zu. "Außerdem
möchte ich mir einen Übungsraum einrichten, wo ich
meine Kunststücke ausprobieren kann, vielleicht sogar mit
Zuschauern, denen ich ein Glas Wein und Knabbereien
reiche und deren Reaktionen auf meine neuesten
magischen Ideen ich studiere. Testkaninchen sozusagen,
haha. Du darfst gern die Erste sein", lud Ben sie ein. „Tja,
wohin also mit Fritz?", kam er auf Trixies Frage zurück
und zuckte ratlos mit seinen Achseln. „In einen großen
Karton packen und nach … weiß nicht, nach Kanada
senden? Im Frachtraum eines Flugzeugs fällt der nicht
auf", meinte er und grinste verschmitzt. „Ich fliege als
Begleitung mit und gebe dort eine Zaubershow. Und den
Karton verstaue ich nach der Landung in einem gemieteten
Auto und bringe ihn nach … Tja, muss ich mir was
einfallen lassen. Irgendwo in den Weiten der kanadischen
Wälder dürfte doch wohl ein Platz für ihn zu finden sein.
Wie pietätlos, ich weiß schon", besänftigte er angesichts

Trixies pikierter Miene. „Aber weißt du etwas Besseres?"

„Im Garten einbuddeln wie die Katzen?", überlegte sie. „Nee, zu groß", verwarf sie den Plan gleich wieder. „Ich bin die Expertin dafür, Dinge nach dem Ausmisten zu entsorgen, doch das alles hier beginnt allmählich, meine Kräfte zu übersteigen. Aber ich lass dich nicht allein mit dem Problem."

„Auf jeden Fall müssen wir ihn verschwinden lassen", stimmte Ben ihr zu. „Oh man, wenn das jemals publik wird und ich wegen Mordes verurteilt werde … Nicht auszudenken, was das für mein weiteres Leben bedeutet. Meine Karriere als Zauberer wäre bald beendet", seufzte Ben.

„Von mir erfährt niemand etwas, das verspreche ich dir", versuchte Trixie den aufgelösten Mann zu beruhigen.

„Ich muss dir noch etwas beichten", raunte Ben und wischte sich über seine Stirn, auf der Schweißperlen glänzten.

„Liegt noch jemand in irgendeinem Schrank, den du auf dem Gewissen hast?", wollte Trixie wissen. „Ich komme aus dem Staunen nicht mehr heraus, deine Geständnisse verblüffen mich mehr als jeder Zaubertrick. Obwohl", überlegte sie, „bei den Tricks auf der Bühne sollte jedem Zuschauer klar sein, dass niemand WIRKLICH zu zaubern vermag, sondern dass alles auf Fingerfertigkeit und geschickter Ablenkung beruht. Richtig?"

Ben nickte wortlos und lauschte Trixies nächsten Worten.

„Aber das, was du mir nun über Fritz erzählst, das beruht auf Tatsachen", erläuterte sie. „Eben NICHT auf

Täuschung. Na los, dann beichte mir auch den Rest",
forderte sie Ben auf.

***

Er sah ihr in die Augen und erzählte: „Also, nachdem
Fritz in der Truhe gelandet war, wollte ich sein
Verschwinden Ilse begreiflich machen, ohne dass sie
durchdreht. Ich kam auf die Idee, Fritz eine Schwester in
Kanada anzudichten, die furchtbar dringend auf seine
Hilfe angewiesen sei. Er habe alles stehen und liegen
lassen, als er ihren Brief erhalten habe, wie er mir vom
Flughafen aus am Telefon mitteilte. Habe in seiner Eile
sogar das Schreiben in seiner Gartenlaube vergessen und
sei noch am selben Tag aufgebrochen. Er habe mir liebe
Grüße an Ilse ausrichten lassen, sein überstürzter Aufbruch
täte ihm leid und er würde es wieder gutmachen, sobald er
zurück sei."

„Den Brief der angeblichen Schwester hast du selbst
geschrieben, stimmt's?", meinte Trixie.

„Erneut richtig geraten", bestätigte Ben. „Verflixt, bei
deinem Scharfsinn muss man aufpassen, haha."

„Und von da an hast du dich um alles hier gekümmert,
und schließlich hat sie dich als Erben eingesetzt", ergänzte
Trixie.

„Hm, ja", meinte Ben. „Immer wieder hat sie mich
gefragt, ob ich schon etwas aus Kanada gehört habe, wann
Fritz denn zurückkäme. Und ob ich nicht mal hinschreiben
und mich erkundigen könne. Ich habe einige Wochen
gewartet und Ilse dann die angebliche Antwort von Fritz'

Schwester präsentiert, die ich natürlich auch selbst verfasst hatte. Leider, wie traurig, sei der bedauernswerte Fritz bei einem Buschfeuer ums Leben gekommen, und seine Überreste habe man bereits anonym beigesetzt. Es gäbe nun also keinen Ort mehr, an dem Ilse ihrem Fritz gedenken könne. Ilse, stur wie sie war, wäre wohl trotzdem nach Kanada geflogen, aber sie war körperlich schon zu hinfällig für eine solche Reise. Also blieb sie hier, hockte in ihrem Wohnzimmer im Sessel und trauerte um ihren Geliebten. Ich musste in ihrem Namen einen Brief an die angebliche Schwester schreiben, den sie mir diktierte und eigenhändig unterschrieb. Ich habe ihn nie abgesendet", schloss Ben. „Und Fritz' Schwester hat sich leider auch nie mehr gemeldet. Traurig, so etwas, nicht wahr?"

„Ich brauch einen Kaffee", beschloss Trixie und erhob sich. „Und dann sollten wir uns überlegen, wohin Fritz nun wirklich verschwinden soll."

Jeder einen Becher mit frischem, heißem Kaffee in der Hand, so standen die beiden kurz darauf in der geöffneten Terrassentür und ließen ihre Blicke über den Garten schweifen.

Wie ein Verbrecherpärchen machen wir einen Plan, wie eine Leiche unsichtbar werden soll, ging es Trixie durch den Kopf.

Hättest du das gedacht, Mädel, als du heute morgen aufgewacht bist?, machte sich ihre innere Stimmer bemerkbar.

Nee, gab Trixie zu. Ich war in Gedanken schon beim nächsten Kunden, aber nun …

Nun wird der warten müssen auf deine Hilfe, machte das Stimmchen in ihrem Kopf ihr klar. Verdienstausfall, das sollte Ben irgendwann wiedergutmachen!

Ja ja, maulte Trixie und konzentrierte sich erneut auf den prächtigen Garten. Dort liegen die armen Kätzchen, dachte sie beim Anblick der blühenden Büsche. Finden wir dort irgendwo auch einen Platz für Fritz?

„Garage", meinte sie plötzlich Ben flüstern zu hören. „Fundament. Beton."

„Was hältst du von meinem Einfall, Ben?" erkundigte sich Trixie nun. „Die alte Gartenlaube, das Domizil von Fritz, die wird abgerissen. Und dann wird dort eine neue gebaut. Im Fundament kommt Fritz zur letzten Ruhe, und wenn du einen anderen Gärtner einstellst, wird das dessen Unterkunft. Wer weiß, vielleicht erklärt Fritz dem Neuen, worauf er zu achten hat. Immerhin hatte Fritz sicherlich nicht nur Erfahrung im Umgang mit einsamen Witwen, sondern konnte hoffentlich auch den Garten bearbeiten. Soll der Neue sich auf einige gruselige Begegnungen mit Fritz' Geist dort einstellen, haha."

„Genial! Dann bleibt auch von Fritz nichts Verräterisches mehr übrig, falls mal ein neugieriger Mensch nach etwas dort suchen sollte. Wird ALLES platt gemacht", war Bens Kommentar. „Bist ein Schatz, Häschen. Sorry", schob er mit einem verschmitztem Lächeln im Gesicht nach.

Was will die aufgetakelte Fregatte denn hier?",
überlegte Ben halblaut und sah erst Trixie, dann
die Fremde an, die sich ihnen näherte. Unmittelbar vor
dem Gartentisch blieb sie stehen und musterte Ben und
Trixie mit strengen Blicken durch ihre sichtlich teure
Brille.

„Ich bin Gundula Freifrau von Ebersheim", stellte die
alte Dame sich vor, und in ihrer zittrigen Greisenstimme
war deutlich ein verächtlicher Unterton zu vernehmen.

„Und ich bin Beatrix von Haasenheim", lag es Trixie
auf der Zunge bei dieser arroganten Ansprache, doch sie
biss sich auf die Lippen und warf Ben nur wortlos einen
Blick zu.

„Wo ist mein Erwin?", herrschte die Fremde Ben
unversehens an. „Was haben Sie mit meinem Ehemann
gemacht?" Ihre langen spitzen Fingernägel ließen Trixie an
die Krallen eines Raubvogels denken, und unwillkürlich
zog sie den reich mit Butterkuchen beladenen Kuchenteller
näher zu sich heran, fort aus der Reichweite der
rotlackierten Krallen.

„Häh?", entfuhr es Ben, und er starrte den
unwillkommenen Gast irritiert an. „Wer, um Himmels
Willen, ist Erwin? Und was hab ich mit ihrem Ehemann zu
tun, werte Dame?"

„Das wird sich bald herausstellen, Sie … Sie
langhaariger Schnösel", ereiferte die alte Dame sich

angesichts Bens offen über seinen Schultern ausgebreitete Haarpracht, die in der Sonne glänzte.

„Also, Sie müssen hier nicht mit Beleidigungen um sich werfen", wies Trixie die Fremde zurecht. „Weder mein Partner noch ich kennen einen Erwin, geschweige denn Ihren Ehemann! Ich muss Sie leider bitten, dieses Grundstück zu verlassen, ansonsten ..." Langsam griff Trixie zu ihrem Smartphone, das auf dem Tisch vor ihr lag. „Soll ich denn erst die Polizei rufen?", erkundigte sie sich mit honigsüßer Stimme bei der alten Frau.

„Lass nur, Trixie, mit der werd ich schon fertig", meinte Ben und stand auf. Er machte Anstalten, die Fremde behutsam an ihrem Arm zu ergreifen und sie zurück auf den sauber geharkten Weg Richtung Eingangstor zu geleiten, da kreischte die Alte plötzlich: „Genau, die Polizei, die hab ich bereits informiert über die ungeheuerlichen Vorgänge auf diesem Grundstück! Die Wachtmeister werden Erwin schon entdecken, wo auch immer Sie ihn gefangen halten!"

„Die spinnt doch", raunte Trixie, nur leider besaß die alte Dame noch ein besseres Hörvermögen, als sie vermutet hatte.

„Wenn hier jemand Beleidigungen ausstößt, dann Sie", geiferte die Fremde und zupfte nervös an der Nerzstola herum, die um ihren faltigen Hals hing. „Das gibt eine Anzeige, junge Frau."

Trixie holte tief Luft und versuchte, die aufgebrachte alte Dame zu beruhigen. Sie rückte den dritten Stuhl, auf dem niemand saß, zurecht und bot ihn der Besucherin an. Dann wies sie auf den Kuchen und meinte: „Ich verstehe, dass Sie irritiert sind, aber Sie sollten uns bitte erklären, um welchen Mann es eigentlich geht. Wie sieht er aus, und wie kommen Sie auf die Idee, ihn ausgerechnet HIER finden zu können?"

Die alte Dame stieß hörbar ihren Atem aus und ließ sich auf den Klappstuhl sinken. Sie öffnete die zierliche Handtasche, die sie mit sich führte, kramte kurz darin herum und zog dann eine leicht zerknickte Fotografie heraus.

„Das ist mein Erwin", sie tippte heftig mit ihrem Zeigefinger auf das Bild. „Aufgenommen in Bad Pyrmont kurz nach unserer Hochzeit. Nur die Haare trägt er jetzt anders, eher so …" Sie suchte nach Worten. „Nicht mehr so lang wie es damals modern war, sondern akkurat kurz geschnitten. Außerdem", fiel ihr noch ein, „trägt er keinen Vollbart mehr. Den habe ich ihm ausgeredet, das sah immer so zottelig aus und … naja, es kratzte. Erwin ist eben ein gepflegter Mann, durch und durch vornehm und immer elegant gekleidet. Nicht so schmierig wie …" Sie verstummte, aber der Blick, den sie dem in bequemer Jeans und labbrigen T-Shirt steckenden Ben zuwarf, sagte alles.

„Tja, manche Menschen müssen eben auch arbeiten für ihr Geld", meinte Ben und verdrehte seine Augen. „Ich verstehe allerdings immer noch nicht, was Sie auf meinem Grundstück zu suchen haben. Ihren Erwin habe ich noch nie gesehen, da müssen Sie sich irren."

Trixie hatte währenddessen das Foto zur Hand genommen und genauer betrachtet. Eine Ahnung, wer das sein könnte, stieg in ihr auf, und die feinen Härchen auf ihren Armen begannen unangenehm zu kribbeln.

„Fritz", raunte sie nur. „Das ist … das könnte Fritz sein. Denk dir mal den Vollbart weg. Das schmale Gesicht, die leicht abstehenden Ohren … Und", Trixie stockte, „die ungewöhnliche Narbe auf seiner Stirn! Die ist mir auf dem Foto, das du mir mal gezeigt hast, ebenfalls aufgefallen", meinte sie aufgeregt. „Nur die Haarfarbe ist anders, aber das kann gefärbt gewesen sein. Verdammter Kerl!", spie sie verächtlich aus.

„Also geben Sie es zu, dass Erwin sich hier aufhält. Diese Adresse habe ich in seinem Notizbuch gefunden, deshalb bin ich hierher gefahren", erklärte die alte Dame. „Aber weshalb nennen Sie ihn Fritz?"

„Fritz wurde er hier genannt, er hat hier als Gärtner gearbeitet, bevor er Ilses Partner wurde. Nun ist er, Gott hab ihn selig, von uns gegangen. Hat sich nach Kanada aufgemacht und ist dort bei einem Unfall ums Leben gekommen. Seine Schwester, die er dort besucht hatte, hat uns in einem Brief diese traurige Nachricht gesandt. Vernarrt in Fritz, wie Ilse war, bewahrte sie diesen Brief noch bis an ihr Lebensende auf und las ihn immer wieder. Sie hat den Tod ihres Liebsten niemals verwunden."

Nun trag doch nicht so dick auf, dachte Trixie und warf Ben einen warnenden Blick zu.

„Ihr Fritz, der in Wirklichkeit mein Erwin gewesen ist, soll hier als Gärtner tätig gewesen sein? Unvorstellbar, er hätte sich niemals die Hände schmutzig gemacht als hochgestellter Wissenschaftler, der er war. Und er soll sich nach Kanada abgesetzt haben?", kombinierte die alte Dame und war durch diese überraschende Information sichtlich durcheinander. „Was wollte er denn dort? Sich mit einer anderen Frau treffen, die angeblich seine Schwester war? Ihre Märchen werden immer unglaubhafter."

„Wer Fritz tatsächlich war, ist ungewiss. Offenbar verwendete er unterschiedliche Namen. Womöglich war er mit mehreren Frauen gleichzeitig liiert, wohlhabenden Frauen, auf deren Geld er scharf war. Die Schwester in Kanada war nur eine Ausrede", schloss Trixie, wohlwissend, dass sie ja zumindest im letzten Punkt recht hatte. „Kling nach einem zwielichtigen Gauner, wenn Sie mich fragen!"

„Heiratsschwindler", brachte Ben es kurz und knapp auf den Punkt.

„Nun versuchen Sie auch noch, meinen geliebten vermissten Ehemann schlecht zu machen", in die brüchige Stimme der Fremden mischte sich ein Schluchzen ein. Fahrig fuhr sie sich über ihre Augen, in denen Tränen aufstiegen, war jedoch sorgsam darauf bedacht, ihren Lidschatten dabei nicht zu verschmieren. Ganz die grande Dame, als die sie offenbar gelten wollte, erhob sich die Besucherin und wischte sich ein paar Kuchenkrümel von ihrem Rock.

„Ich gehe jetzt", kündigte sie an, aber Sie werden noch von mir hören!"

„Laienspieltheater vom Feinsten", kommentierte Ben abfällig, nachdem die alte Frau abgerauscht war. „Verwirrte Zicke." Er brach in Gelächter aus, und Trixie stimmte ein.

***

Das Lachen sollte beiden schon am folgenden Tag vergehen, als sich erneut unangemeldeter Besuch auf dem Grundstück einfand. Der Polizeiwagen war nicht zu übersehen, als er auf der Einfahrt parkte, und die beiden Uniformierten wirkten fest entschlossen, sich vom Hausherrn und seiner Freundin nicht abweisen zu lassen.

„Da hat sie uns tatsächlich die Ordnungshüter auf den Hals geschickt", maulte Ben und verstummte, als Trixie ihm einen leichten Stoß in die Seite verpasste.

Stumm erwarteten beide die herannahenden Einsatzkräfte.

„Good Cop, bad Cop", flüsterte Trixie beim Anblick der eigentlich ganz sympathisch wirkenden jungen Frau, die ihren streng dreinblickenden älteren Kollegen begleitete.

„Psst", machte Ben und wandte sich an die Polizisten: „Wie kann ich Ihnen helfen?"

„Wie Frau Freifrau von Ebersheim uns mitteilte, soll ihr vermisster Ehemann Erwin von Ebersheim bei Ihnen als Gärtner angestellt gewesen sein. Außerdem soll der Mann Ihren Worten zufolge, erklärte uns Frau von Ebersheim, nach Kanada ausgewandert und dort verstorben sein. Was haben Sie dazu zu sagen, Herr …" Die Frau las Bens Namen vom Klingelschild ab. „Herr Oster."

Mit unbeweglicher Miene musterte ihr Kollege Ben, während sie einen Notizblock und einen Stift aus ihrer Uniformtasche hervorzog und sich dazu bereit machte, mitzuschreiben.

„Viel habe ich nicht dazu zu sagen", entgegnete Ben.

91

„Es stimmt, Fritz von Waaring, wie er sich uns vorgestellt hatte, hat sich um den Garten meiner kürzlich verstorbenen Großmutter Ilse gekümmert, bis er nach Kanada abreiste, wo er seine Schwester besuchen wollte."

Würde der Polizist das schlucken? Unsicher warteten Trixie und Ben auf dessen Reaktion, doch der Mann nickte nur. Doch dann fragte er: „Wie lange liegt das zurück? Wann hat dieser Fritz, wie Sie ihn nennen, sich zuletzt hier aufgehalten?"

Mist, dachte Trixie, das war vor zwei Jahren. So lange hat Ilse ihren Garten nicht verlottern lassen, das wäre unglaubwürdig. Ja, wer hat sich denn eigentlich darum gekümmert?, fragte sie sich. Wie will Ben das erklären?

Ganz cool hörte sie ihn behaupten, er, Ilses Enkel, habe den Garten in Schuss gehalten, seit ihr Gärtner Fritz vor zwei Jahren nach Kanada verschwunden sei. Und dort sei er, der Nachricht seiner Schwester zufolge, bei einem Unfall ums Leben gekommen und dort auch beigesetzt worden.

„Aus beruflichen Gründen kann ich jetzt leider weniger Zeit für die Instandhaltung des Gartens aufbringen, und so werde ich demnächst einen neuen Gärtner verpflichten, um für Ordnung zu sorgen."

„Wir werden uns morgen gründlich in der Villa umsehen, Herr Oster", beschloss der Polizist mit der undurchdringlichen Miene. „Heute begnügen wir uns damit, mal zu prüfen, was sich in der Gartenlaube dort befindet und werden einen kurzen Rundgang durch den Garten machen." Bedeutungsvoll deutete er auf das volle Buschwerk, das das Gelände umgab.

„Uns wir würden uns gern mal den Brief von Fritz' Schwester aushändigen lassen, Herr Oster", bat die Kollegin des Polizisten, und bei diesen Worten wirkte sie schon weniger freundlich auf Trixie.

Zu ihrem Erstaunen nickte Ben sofort brav: „Muss ich raussuchen."

Du Dummkopf!, dachte Trixie, diesen erfundenen Brief hast du offiziell längst vernichtet. Denk einfach nach, bevor du deinen Mund aufmachst!

Gleich darauf schien auch Ben sein Patzer bewusst zu werden, und er stammelte: „Ähm … Den habe ich kürzlich während einer Aufräumaktion mit entsorgt, tut mir leid. Ist weg, futsch, nicht mehr da …"

Halt bloß deine Klappe!, wollte Trixie spontan ausrufen, du quatscht dich um Kopf und Kragen, großer Zauberer!

„So so, Sie haben also aufgeräumt", stocherte der mürrische Polizist ins Wespennest und sah zu den überquellenden Mülltonnen hinüber, die an der Hauswand standen und deren Deckel sich nicht mehr ganz schließen ließen, da die Müllabfuhr streikte. „Da müssen wir uns wohl mal Einweghandschuhe anziehen und im Müll wühlen, Kollegin. Den Müllhandwerkern sei Dank, sollte hoffentlich noch etwas zu entdecken sein zwischen matschigen Bananenschalen und sonstigen Dingen, in denen ich endlich mal wieder herumwühlen wollte." Er machte ein Gesicht, als wolle er Ben ebenfalls am liebsten in eine der Tonnen stopfen.

„Und Namen und Adresse der Schwester suchen Sie uns bitte heraus, Herr Oster", forderte die Polizistin mit ernster Miene. „Oder haben Sie das auch weggeräumt?"

„N … Nein, natürlich nicht, das liegt mir noch vor. Steht ja als Absender auf dem Briefumschlag, und in dem bewahre ich Fotos von Ilse auf zur Erinnerung an meine geliebte Oma", stotterte Ben unterwürfig, presste seine Lippen zusammen und zerwuschelte mit beiden Händen seine langen Haare, bis diese wie eine wilde Löwenmähne seinen Kopf umgaben.

Schleimer, ging es Trixie durch den Kopf, im Zaubern bist du ein Ass, als Lügner eine Null. Möchtest deine Karriere nicht ruinieren, erkannte sie, na, dann zaubere mal eine plausible Adresse in Kanada aus dem Hut, mein Lieber, und bastele einen Umschlag, auf dem das als Absender steht. Steck am besten tatsächlich noch ein Bild von Ilse hinein, um dein dämliches Märchen wahr aussehen zu lassen.

Man, man, man ... Männer!, dachte sie.

***

Stunden später umgab die drei vorher vollgestopften Mülltonnen eine Sammlung von Müll aller Art, von dem Trixie vieles noch bekannt vorkam, denn diese Dinge hatte sie Tage zuvor erst gemeinsam mit Ben ausgemistet.

„Nichts, einfach nichts", polterte der beleibte Polizist. Ohnehin wortkarg und muffelig, zerrte er nun mühsam die stramm um seine Hände sitzenden Einweghandschuhe herunter, die voller Schmutz waren und erbärmlich nach vergammelten Küchenabfällen stanken. Angewidert rümpfte er seine Nase, riss genervt ein Taschentuch aus einer Verpackung und schnäuzte sich dermaßen heftig, dass Trixie sich unwillkürlich das Lachen verbeißen musste. Der schnaubt buchstäblich vor Wut, dachte sie amüsiert trotz ihrer Anspannung. Die Situation hatte einfach etwas unglaublich Komisches, fand sie.

Die Kollegin des Polizisten, die Uniform ebenfalls mit Dreck besudelt und mit verschwitzten Haaren, die ihr ins Gesicht hingen, erlaubte sich ein feines Lächeln und meinte leise zu ihm: „Wenn das deine Frau wüsste, Kurt, die würde dich in Zukunft immer dazu verdonnern, den Müllbeutel runterzubringen, haha."

Oha, die traut sich aber was, dachte Trixie, die gute Ohren hatte. Neugierig verfolgte sie, wie der Polizist für einen Moment seine strenge Maske fallenließ und seiner Kollegin zuraunte: „Psst, Eva, wenn das die Verdächtigen hören! Die nehmen mich doch nicht mehr ernst, Mädel."

Ich nehme dich sehr wohl ernst, verehrter Herr Wachtmeister, dachte Trixie. Du und deine Kollegin können Ben und mir nämlich noch eine Menge Schwierigkeiten bereiten, und ich glaube, du bist ein ganz Genauer, dessen scharfen Augen nichts entgeht.

„Der Brief von Fritz' Schwester war bereits recht zerknittert, und die Feuchtigkeit des Mülls hat ihm wohl den Rest gegeben", versuchte Ben eine Erklärung zu liefern. „Ich meine, das war billiges, dünnes Papier, so etwas weicht schnell durch und zerfasert. Muss ich wissen, da ich meine Plakatentwürfe meist zunächst selbst skizziere, bevor sie dann von einem Profi ausgeführt werden. Für diese schnellen Skizzen verwende ich auch gern solch einfaches Papier, und kürzlich hat ein Kaffeefleck ausgereicht, um die Striche unkenntlich zu machen." Er sammelte sich und fuhr fort: „Wäre eine Erklärung, wie der Brief sich in seine Einzelteile auflösen konnte und Sie ihn deshalb nicht mehr finden konnten."

„Na gut, Herr Oster, da wir an den Brief nicht mehr herankommen, geben Sie uns wenigstens das Kuvert mit Namen und Adresse der Schwester darauf", forderte die Polizistin. „Das werden wir für eine Untersuchung für eine Weile an uns nehmen müssen."

Wir konnten leider nichts feststellen. Die auf dem Kuvert angegebene Adresse existiert nicht, Herr Oster", erklärte die Polizistin, die einige Tage darauf erneut an der Seite ihres stets mürrisch in die Welt blickenden älteren Kollegen angerückt war. „Und unter diesem dort häufig vertretenem Namen war auch nicht zu finden", fuhr sie fort und bedachte Ben mit einem skeptischen Blick.

Die vermutet wohl ganz richtig, dass die Angaben auf dem Briefumschlag erfunden sind, dachte Trixie, die neben Ben stand und nervös auf das polizeiliche Ergebnis wartete. Das natürlich nichts, aber auch gar nichts erbracht haben konnte. Sie selbst hatte gemeinsam mit Ben den Umschlag gebastelt. Hatte die riesige und somit anonyme Stadt in Kanada herausgesucht, in dem sich angeblich Fritz' Schwester aufhielt. Hatte mit ihm zusammen nach einem Nachnamen gesucht, den es dort drüben millionenfach zu geben schien, und hatte sich einen Vornamen dazu überlegt. Hatte mit ihrer eleganten Schrift beides auf das Kuvert geschrieben und kunstvoll mit einigen Knicken und etwas auf dem Papier verriebener Erde dem Umschlag Gebrauchsspuren hinzugefügt.

Vorsichtshalber hatte Ben ihn aufbewahrt und ihn deshalb sofort der Polizei überreichen können.

„Immerhin hat dieser Brief einen langen Weg hinter sich, haha", hatte Ben gemeint und dann amüsiert eine abgestempelte Briefmarke draufgeklebt, die er vom Umschlag, in dem ein glühender Liebesbrief eines seiner weiblichen Fans steckte, abgelöst hatte.

„Jetzt weiß ich wenigstens, warum ich diese albernen Schmachtbriefe an mich aufbewahre", war sein Kommentar gewesen, als das Kuvert von Fritz' erfundener Schwester fertig gebastelt auf dem Tisch vor ihnen lag. „Sollte mir eine Briefmarkensammlung anlegen, haha."

Die nächsten Worte der Polizistin ließen Ben und Trixie aufhorchen: „Morgen kommen wir wieder, und dann filzen wir Ihre Villa, die Gartenhütte und alles, was sich auf Ihrem Grundstück befindet, Herr Oster." Es klang wie eine Drohung, und den finsteren Blicken der beiden Ordnungshüter zufolge war es auch so gemeint.

So leicht lassen wir Sie nicht davonkommen, hörte Trixie aus diesem Satz heraus. Unser Ermittlungsteam wird hier jeden Stein umdrehen und unter jeden Strauch gucken!

***

„Na, was machen wir denn jetzt?", erkundigte sich Trixie bei Ben, nachdem die Polizisten abgezogen waren.

„Hm", unschlüssig drehte Ben das gründlich untersuchte Kuvert in seinen Händen hin und her und verpasste ihm dabei noch einige weitere Knicke. „Morgen rücken die wieder an, und dann wird's ungemütlich für mich ... für uns, Trixie. Inzwischen steckst du auch mit drin, würde ich meinen." Die Unsicherheit in seinen Augen sagte: Steckst du WIRKLICH mit in dieser leidigen

Angelegenheit, oder machst du dich davon? Bist doch eigentlich nur als …

„Bin doch eigentlich nur als deine Aufräum-Fee hier", sprach Trixie seine Gedanken aus. „Aber ich hänge tatsächlich mit drin", bekräftigte sie und registrierte, wie die vor Anspannung zusammengezogenen Falten auf Bens Stirn sich wieder glätteten. „Ich lass dich nicht im Stich, lieber Ben", raunte sie und strich leicht über seinen Arm. „Musst mich doch auch in Zukunft noch verzaubern können …"

„Tja, wenn's richtig übel ausgeht, werde ich wohl bald nur noch die Insassen im Knast verzaubern dürfen, und ob die scharf auf meine Künste sind, sei dahingestellt", erwiderte Ben. „Aber", er zögerte kurz und sprach dann weiter, „vielleicht können wir Fritz irgendwo zwischenlagern, und wenn die Polizei endlich unverrichteter Dinge wieder abgezogen ist und uns in Ruhe lässt, errichten wir eine neue Gartenhütte als Fritz' letztes Domizil." Er drehte eine Strähne seines langen Haares um einen seiner Finger und starrte grübelnd an einen Punkt an der Decke der Eingangshalle, in der sie sich mit den Polizisten unterhalten hatten.

„Mach's nicht so spannend", drängte Trixie. „Wohin mit Fritz, was hast du im Sinn?"

„Ilse und ihr Mann besaßen ein Boot, mit dem sie manchmal auch gemeinsam mit Fritz auf dem See eine Ruderpartie unternahmen. Dieses Boot liegt immer noch am Ufer des Sees, gut versteckt in einer kaum einsehbaren Nische, zugedeckt mit einer Plane, und nur ich weiß noch davon. Wenn wir Fritz noch heute darunter verschwinden lassen, bis die Luft rein ist und wir ihn im Fundament zur ewigen Ruhe betten können? Was hältst du davon, Trixie?"

„Ist der See weit genug von hier entfernt, so dass die Polizei nicht auf die Idee kommt, auch dort jeden Stein ... und jedes Boot umzudrehen? Aber für uns heute Nacht gut erreichbar?", fragte sie.

Ben nickte. „Alles bestens", erklärte er. „Rein ins Auto mit unserem Fritz, Boot anheben, den Mistkerl drunterpacken und das Boot wieder druff. Ganz einfach. Funktioniert sogar ohne meine sagenhafte Magie." Ein breites Grinsen zog kurz über sein Gesicht, erlosch dann jedoch wieder bei dem Gedanken an die scheußliche Aufgabe, die in den folgenden Stunden auf sie wartete.

„Bau's doch mal in dein Bühnenprogramm ein, großer Frangipani", schlug Trixie ihm amüsiert vor. „Besorg dir dazu ein Skelett aus Gummi, die gibt's zu Halloween, haha. Und die riechen nicht so fürchterlich", setzte sie hinzu und grauste sich schon vor der Autofahrt zusammen mit dem stinkenden Fritz im Kofferraum. Brr, dachte sie zum gefühlt tausendsten Mal, wo bin ich hier nur reingeraten? Hätte ich doch auf mein Horoskop gehört, das hatte mir geraten, zu Hause zu bleiben an dem Tag, für den ich mich bei Ben zum Ausmisten angemeldet hatte. Eigentlich glaube ich nicht an diesen esoterischen Unfug, aber diesmal ...

Diesmal hättste dich mal besser an die weisen Ratschläge der Horoskop-Tante gehalten, schaltete sich ihr inneres Stimmchen in ihre Überlegungen ein. Die weiß schon, was sie macht, die hat einen guten Überblick über die Sterne. Und du bist nicht von ungefähr ein

‚Wassermann' und damit einer der launischsten Vertreter aller Sternzeichen. Unbeständig, lässt dir nix sagen, willst immer dein eigenes Ding durchziehen. Hab ich recht oder hab ich recht?, frotzelte das Stimmchen.

„Halt bloß deine vorlaute Klappe!", murmelte Trixie ein wenig zu laut und fing sich einen irritierten Blick Bens ein.

„Nichts, ich … Ich rede mit … äh, mit niemanden", schob sie verlegen hinterher und erntete nun ein Kopfschütteln seinerseits.

„Na, dann bin ich ja beruhigt", meinte Ben. „Ich dachte schon, du unterhältst dich mit Fritz' Geist, der sich über seine Behandlung beschweren will."

***

Bens Einfall mit dem Boot hatte seine Tücken. Erst bereiteten Fritz' Knochen Ben und Trixie Probleme. Sie versuchten, sein Gerippe heimlich bei Mondschein aus der Truhe, die Kellertreppe rauf, aus der Terrassentür hinaus und dann rein in Bens Van zu bugsieren, scheiterten aber beinahe schon an der steilen, gewundenen Kellertreppe.

„Fast hätte ich ihn fallen lassen", stöhnte Trixie und ergriff noch fester die alte Wolldecke, in die sie die stinkenden Überreste eingewickelt hatten.

Ben und Trixie hatten es fast geschafft, die Decke mit dem grässlichen Inhalt darin im Kofferraum zu verstauen, da ließ sich der Kofferraumdeckel nicht schließen; Fritz' Füße sahen heraus. Der Deckel klaffte ein Stück weit auf und gäbe leicht den Blick frei für Mitmenschen, die ihnen womöglich unterwegs begegnen würden.

„Wenn uns jemand bemerkt", ängstigte sich Trixie und verfolgte Bens Bemühungen, die widerspenstigen morschen Knochen in der Decke vollständig in den Kofferraum zu zwängen. Keine Chance, Fritz schien der Ansicht zu sein, seine Füße bräuchten frische Luft.

„Wer soll denn dort nachts herumlaufen", versuchte Ben Trixies Befürchtungen zu zerstreuen. „Außer Eichhörnchen und Rehen wird uns kein Lebewesen dort begegnen", meinte er. „Dort sagen nur die Füchse einander ‚Gut Nacht', Trixie." Er hängte eine Plastiktüte über Fritz' Füße. Nahm dann einen Bindfaden und befestigte ein Ende davon am Kofferraumschloss und das andere an der Stoßstange des Wagens, so dass die Klappe nicht mehr komplett offenbliebe.

„Und ein Hundehalter, der mit seinem Fiffi eine Gassirunde dreht? Hunde haben ein ausgezeichnetes Riechvermögen", wusste Trixie. „Der schnüffelt so lange am geöffneten Kofferraum herum, bis sein Herrchen aufmerksam wird. Sollen wir DEN dann gleich mit unter deinem Boot verstecken?"

„Jetzt mach dir nicht vor Angst ins Hemd, nur weil Meier-Müller-Schulzes dämlicher Köter zu kläffen beginnt", maulte Ben, und Trixie erkannte an seinem mürrischen Gesichtsausdruck, dass sie ihn allmählich zu nerven begann.

***

Noch ein Viertelstündchen, in der Trixie der Angstschweiß auf der Stirn stand bei jeder Bodenwelle in dem unwegsamen Waldgebiet – nicht, dass unsere Ladung herausgeschleudert wird, malte sie sich in Panik die schlimmsten Dinge aus. Minuten, in denen Ben fluchend am Lenkrad herumkurbelte und versuchte, den tiefen Spurrillen auszuweichen, die sich in die Erde eingegraben hatten und hart geworden waren.

„Was für eine elende Slalompiste", jammerte er und warf prüfende Blicke auf die Strecke, die im von den Autoscheinwerfern beleuchteten Waldweg nur schwach zu erkennen war. „Müssten doch bald da sein, kam mir sonst nicht so weit vor."

„Hast du dich verfahren?", fragte Trixie mit sanfter Stimme, musterte Ben von der Seite und dachte sich: Gleich explodiert er, so angespannt wie er ist! Schmeißt erst mich raus, dann Fritz. Lässt mich hier am Wegesrand neben der Fracht im Teppich zurück und kehrt um.

Sie vermochte Ben inzwischen ein wenig einzuschätzen und wusste, er konnte zünden wie eine Rakete, wenn er genervt war. Und … er war deutlich genervt, wie sie sah.

„Wir sind da!" jubelte er so plötzlich, dass Trixie zusammenzuckte. „Siehst du es?" Er deutete mit seinem ausgestreckten Zeigefinger auf einen abgedeckten länglichen Gegenstand, der halb unter den Zweigen einer Tanne lag.

„Hm", reagierte Trixie und war halb erleichtert darüber, dass diese Schreckensfahrt ein Ende hatte, halb entsetzt von der Aussicht darauf, die stinkende Teppichrolle aus dem Auto zerren und unter das Boot legen zu müssen.

Meine armen Fingernägel, dachte sie, als sich ein abgerissener Nagel schmerzhaft bemerkbar machte. Mit diesen Klauen, diesen fiesen Schmutzrändern unter jedem Nagel, da kann ich doch keinem Kunden mehr gegenübertreten!

Schämst du dich nicht, Mädel, der Typ im Kofferraum würde was um deine albernen Problemchen geben!, wusch ihr inneres Stimmchen ihr unverzüglich den Kopf. Tss, tss, was für ein selbstsüchtiges Ding du doch geworden bist, Beatrix Haase.

***

„Den sind wir erstmal los", seufzte Ben nach einer anstrengenden Viertelstunde und strich sich erleichtert über seine Stirn. „Ab nach Hause, rein ins Bettchen, wir sollten ausgeschlafen sein. Die Polizisten sind's sicherlich auch", gab er zu bedenken und stapfte zurück zu seinem Van. Tüdelte den Bindfaden wieder ab und legte ihn ins Handschuhfach – „für die nächste Benutzung" -, verschloss die Kofferraumklappe sorgfältig und ließ sich auf den Fahrersitz plumpsen.

„Gründlich aussaugen müssen wir deinen Van!", gab Trixie zu Bedenken. „Die Polizei hat vermutlich auch einen Spürhund bei sich, und wenn der an deinem Auto schnüffelt …" Sie verstummte und sah Ben an.

„Mist", fluchte er. „Also noch nicht schlafen."

Zu Hause angekommen, führten Trixie und Ben eine gründliche Reinigung des Transportmittels durch.

„Und nun die Tiefkühltruhe, die darf nur nach Pizza und vergammelten Möhren riechen", trieb die umsichtige Trixie den mittlerweile nur noch gähnenden Ben an.

Mit grimmiger Miene brachten sie noch den Inhalt der Truhe in Ordnung, versprühten ausgiebig Duftspray im Keller und waren sich dann einig, genug erledigt zu haben.

***

Und wirklich konnten die Polizisten am nächsten Tag nichts finden, so sehr sie auch in der Villa hinter jeden Gegenstand spähten und sämtliche Schranktüren öffneten.

Von Fritz keine Spur.

Zwei weitere Kollegen, die sie begleitet, den gesamten Garten durchkämmt und dabei wie angekündigt jeden Stein umgedreht hatten, konnten sich ebenfalls nur achselzuckend von Ben und Trixie verabschieden.

Die armen Rosen, dachte Trixie und betrachtete verdrossen die umgeknickten Stiele und zu Boden gefallenen Blätter.

„Riecht bei Ihnen aber sehr durchdringend nach Raumspray", meinte die sympathische Polizistin noch und lächelte Trixie verschmitzt zu. „Ich sag ja, Frauen legen Wert auf guten Duft."

Hat die, im wahrsten Sinne des Wortes, etwas gerochen?, fragte Trixie sich bang.

„Somit können wir der Freifrau von Ebersheim leider nicht mitteilen, wo sich ihr Erwin befinden mag", verabschiedete der Polizist sich, und sein sonst so wachsames, mürrisches Gesicht zeigte kurz einen amüsierten Ausdruck bei diesen Worten. „Hoffentlich lässt die Dame Sie nun zufrieden mit ihren Nachforschungen", wünschte er Ben und Trixie.

Und weg war das Polizeiaufgebot, das Ben zerwühlte Wäsche, Unordnung in den Schubladen und einige zertretene Gewächse im Blumenbeet hinterließ.

Und ein mulmiges Gefühl, ob sie wirklich so einfach aus dieser Angelegenheit herauskämen.

Uff", stöhnte Ben und richtete sich auf. „Mein Kreuz!" Er steckte den Spaten, mit dem er begonnen hatte, einen Graben dort auszuheben, wo er zuvor mit Unterstützung von Trixie die Umrisse einer Gartenhütte markiert hatte, in die Erde. „Der große Frangipani ist urlaubsreif", meinte er. Sein Grinsen, mit dem er diese Worte begleiten wollte, verrutschte zu einer schiefen Grimasse.

„Tja", erwiderte Trixie, „ist schon anstrengend, so eine Hütte zu bauen." Auch sie bog ihren Rücken durch und stöhnte. „Wie tief denn noch? Reicht das nicht?"

„Doch", meinte Ben zögernd, nachdem er mit seinen weit auseinander gespreizten Fingern die bisher erreichte Tiefe geprüft hatte. „Also, vom Daumen bis zum Mittelfinger gemessen ergibt das etwa zwanzig Zentimeter, genug für den Graben. Nach einem Kaffeepäuschen mache ich weiter", entschied er.

Trixie schloss sich ihm an, warf die Schaufel, mit der sie Ben geholfen hatte, den Erdaushub beiseite zu schaffen, genervt zu Boden und ging gemeinsam mit ihm zur Villa.

„Das war leider erst der Anfang", verkündete Ben anschließend in der Küche und schlürfte den frisch gekochten heißen Kaffee aus dem Becher in seiner Hand. „Autsch, auch noch die Zunge verbrannt! Bleibt mir denn nichts erspart?" Seine missmutig nach unten verzogenen

Mundwinkel machten Trixie die miese Laune ihres unfreiwilligen Gefährten deutlich.

Ja, geht's mir denn besser?, fragte sie sich. Hab ich mir doch auch nicht träumen lassen, was hier alles zu entsorgen sein würde. Und dieser Verrückte da – sie warf Ben einen genervten Blick zu -, dieser durchgeknallte Künstler, der hat doch gewusst, was in der Kühltruhe auf uns wartet! Noch solch ein bescheuerter Auftrag, und ich sattle lieber um auf … Auf was denn, wenn ich nur Absagen erhalte? Ach, egal, und wenn ich putzen gehe.

Ihre Stimmung war auf dem Nullpunkt angelangt, und sie war kurz davor, Bens Geheimnis auffliegen zu lassen. Was hielt sie denn davon ab?, überlegte sie.

Als habe er ihre Gedanken gelesen, raunte Ben über die Dampfwölkchen aus seinem Kaffeebecher hinweg plötzlich: „Liebe Trixie, ich kann nur darauf vertrauen, dass du mich nicht verrätst. Ich habe diesen Mistkerl nicht umgebracht, es war ein Unfall! Wie soll ich das nur beweisen können, wenn uns … wenn MIR jemand auf die Schliche kommt? Wenn irgendwer uns beobachtet?"

„Die alte Rumpelbude, die bisher als Gartenlaube genutzt worden ist, war völlig windschief und verrottet. Da hingen doch schon einzelne Bretter herunter, war doch zu erkennen, dass die Hütte ausgetauscht werden musste. Und nun errichten wir eben eine neue, das würde jeder andere Hausbesitzer genauso machen, ist ein ganz harmloses Unternehmen", versuchte Trixie ihn und sich selbst zu beruhigen. „Naja, dass wir ein Gerippe im Fundament verschwinden lassen, ist sicherlich nicht normal, aber wohin sonst damit?" Sie zuckte mit den Achseln und zeigte ihr freundlich-harmloses Kleinmädchen-Lächeln. „Ich lass dich nicht im Stich", versicherte sie. „Warum? Weiß ich nicht, Ben. Weil ich dich mag vielleicht?"

Was hätte ich davon, die Polizei auf diesen längst vergangenen Mann, diesen Heiratsschwindler, hinzuweisen? Könnten die dadurch frühere, ungeklärte Fälle lösen? Hätte ich was davon? Nein. Hätte Ben was davon? Nein, im Gegenteil. Also, Beatrix Haase, riet sie ihrem eigenen schlechten Gewissen. Du wirst jetzt diese irre Aktion noch durchziehen, dann deinem Kunden eine saftige Rechnung ausstellen und ihn und seine Gartenlaube niemals wiedersehen! Wenn DAS meine pingelige Mama wüsste, in was für eine vertrackte Situation ihr Töchterlein da hineingeraten ist, tss tss …

***

Eine Viertelstunde darauf hieß es erneut, in die Hände zu spucken, weiter Erde auszuheben und zunächst zu einem Haufen aufzuschichten. Den würden sie später noch zwischen den umliegenden Büschen gleichmäßig verteilen und festklopfen. Ein wenig Grassaat darüber, und ab dafür, hatte Ben vorgeschlagen. Saatgut hatten sie noch in der jetzt abgerissen alten Hütte entdeckt.

Die Blasen an den Händen der beiden wuchsen, beiden taten sämtliche Körperteile weh, aber die Grube schien einfach nicht tiefer werden zu wollen. Ben hatte die glorreiche Idee gehabt, nicht nur unter den tragenden Außenwänden hundertfünfzig Zentimeter tiefe Gräben auszuheben, sondern einen dieser normalerweise dreißig

Zentimeter breiten Bereiche zu vergrößern, so dass dort Platz für Fritz' morsche Knochen wäre. Er würde also unter der Rückwand der Hütte zu liegen kommen.

„Wenn die Gräben endlich tief genug sind", hatte Ben angekündigt, „dann legen wir erst das Gerippe in den dafür vorgesehenen Bereich, anschließend gießen wir die Bodenplatte und das Fundament aus einem Stück, und schwups – weg ist der Fritz!"

Schwups, weg war der Fritz tatsächlich am Tag darauf, nachdem sein Gerippe zunächst in der nächtlichen Dunkelheit aus dem Versteck unterm Boot geholt und anschließend in die dafür vorgesehene Grube gelegt worden war. Des Nachts hatten sie noch provisorisch eine mit Steinen beschwerte Plastikplane und eine dünne Schicht Erde gegen umherstreunende Tiere darüber gelegt. Danach wurde unter der morgendlichen Sonne Beton angemischt und mit einer Schubkarre über dem verhassten Gärtner ausgebreitet.

Verschwitzt und ausgelaugt standen Ben und Trixie vor dem fertigen Fundament. „Der Beton härtet binnen neunzig Minuten aus", erklärte Ben.

„Hoffentlich", erwiderte Trixie und betrachtete die Erdränder unter ihren sonst so gepflegten Fingernägeln. „Dann fehlt ja nur noch die Laube obendrauf."

***

„NUR NOCH die Laube, haha", stöhnte Trixie und atmete tief aus. Noch nie im Leben musste ich mich so sehr körperlich verausgaben, dachte sie und bedachte Ben

110

mit einem grimmigen Blick. Und der ist schuld, versteckt ‚ne Leiche in seiner Villa und lässt sich von mir dabei helfen, sie zu beseitigen.

Sie betrachtete argwöhnisch die bereits zu einem Grundgerüst aufgebauten Holzbalken. Hatte Ben sie fest genug verschraubt, würden sie einem Unwetter standhalten? Es war noch ein weiter Weg, erkannte sie, die Hütte fertig zu bauen. Wie sollte das Dach aussehen?

Bens unheimliche Fähigkeit, ihre Gedanken zu erraten, machte sich auch jetzt bemerkbar. „Nehmen wir oben Dachschindeln, was meinst du?"

„Was ich meine? Es wird deine Hütte auf deinem Grundstück, lieber Ben, mich geht es nichts an", entgegnete Trixie. Als sie seinen etwas pikierten Blick auffing, setzte sie hinzu: „Naja … Mir würden Schindeln gefallen, die gibt's in verschiedenen Farben."

„Dann ist es entschieden, wir … ich meine, ICH suche mir Schindeln aus", meinte er.

„Um die Farbe können wir uns gern streiten", versuchte Trixie ihren schroffen Spruch von eben wiedergutzumachen. „Was hältst du von Blau?"

„Oder von Gelb, Lila, Grün? Nee, am besten tatsächlich Blau", kam es von ihm, und sie registrierte das breite Grinsen, das nun sein gesamtes Gesicht einnahm.

Weshalb bin ich darüber erleichtert, dass unsere Unstimmigkeiten offenbar beigelegt sind?, überlegte Trixie. Wie viel bedeutet es mir?

Wie viel bedeutet dir der Mann?, erkundigte sich ihr inneres Stimmchen, das unversehens seinen Senf dazugeben musste. Bist doch längst verknallt in ihn.

„Ruhe da oben!", schnauzte Trixie und fing Bens irritierten Blick auf. Mist, dachte sie, laut denken sollte ich besser nicht. Dumme Angewohnheit von mir.

„Ich meine den nervtötenden Pleitegeier da oben", sie deutete mit ihrem Zeigefinger auf die Krähe, die über ihnen in einem Baum hockte und laut krächzte. „Hat die nix anderes zu tun? Zum Beispiel Nachwuchs ausbrüten und Regenwürmer suchen oder was die so verspeisen."

„Nein, Häs … ähm, Trixie, ich glaube, Regenwürmer stehen bei denen nicht auf der Speisekarte", meinte Ben amüsiert. „Oder doch? Mir doch egal", schloss er. „Muss sie ja nicht füttern."

***

Dunkelblaue Schindeln sollten es sein, entschieden Ben und Trixie einstimmig und freuten sich über die Wirkung, die sie damit erzielen konnten. Das Dach passte farblich gut zu der grün angestrichenen Laube, und somit war die Gartenhütte bezugsfertig für den nächsten Gärtner, den Ben demnächst einzustellen gedachte.

„Ein Glas Sekt zum Anstoßen, das haben wir uns verdient", meinte Ben, schob zwei Gartenstühle sowie einen Holztisch im Inneren der Hütte zurecht und überreichte Trixie stilecht ein Sektglas. Sogar an eine Schale mit Keksen hatte er gedacht.

Beide machten es sich auf jeweils einem Gartenstuhl bequem, nippten am Sekt und nickten einander zu.

„Auf einen Neuanfang. Alles Alte sei begraben und vergessen", wünschte sich Ben.

112

„Vergessen wohl nicht, begraben schon", meinte Trixie. „Im wahrsten Sinne des Wortes."

Beide ließen jeweils einen Schluck Sekt in ihre Kehle rinnen und genossen die friedvolle Stille, die leise untermalt wurde von dem melodischen Gesang eines Vogels, der auf dem Geäst eines nahen Baumes hockte und aus Leibeskräften tirilierte.

„Menschen lesen Kontaktanzeigen, Vögel trällern sich einen Partner herbei. Klingt das nicht wunderbar? Tja, so etwas kann Fritz nun nicht mehr hören. Wenn er es überhaupt jemals bewusst wahrgenommen hat", raunte Trixie bewegt bei dem Gedanken an den Mann, dessen Überreste nun direkt unter ihnen ruhten.

„Hättest du den Mistkerl gekannt, dein Mitleid würde sich in Grenzen halten." Bens Stimme hatte einen harten Tonfall angenommen bei diesen Worten, und in seinen Augen stand unverhohlener Hass.

Wie sehr muss Ben gelitten haben, erkannte Trixie.

***

„Die alten Möbel müssen wir noch neu lackieren, dann fühlt man sich wie in einem Palast", schlug Ben vor. „Dazu das Bettsofa, das ich im Prospekt gesehen habe, und fertig ist die Unterkunft für den zukünftigen Bewohner. In den nächsten Tagen werden sich zwei Leute bei mir vorstellen für den Job. Möchtest du sie dir auch anschauen?"

„Gern. Hoffentlich sind die nicht schon völlig zerknittert, sondern schnuckelige Jünglinge", erwiderte

Trixie. „Dann hab ich vielleicht auch was davon. Wie deine Oma Ilse damals, haha.“

„Keiner wird dir so sehr gefallen wie der große Frangipani!“, warf Ben sich in die Brust und fuhr sich eitel mit der Hand über seine volle Haarpracht. „Keiner hat solch magische Fähigkeiten, keiner ist ein solch wunderbarer Koch, keiner …“

„Keiner bringt Frauen zu dermaßen abenteuerlichen Beschäftigungen wie er“, unterbrach Trixie ihn und lachte vergnügt.

*D*as hier ist Ihre Unterkunft", erklärte Ben dem schlanken Dunkelhaarigen, dessen sehnige Arme vollständig mit Tätowierungen bedeckt waren.

Seinen Unterlagen zufolge war der neue Gärtner Klaus ein dreiundvierzigjähriger gelernter Bademeister, der nach einem anderen Betätigungsfeld suchte. Da er seinen Worten zufolge als Kind und als Jugendlicher gern seinem Vater, einem Hobbygärtner mit eigener Parzelle am Stadtrand, geholfen hatte und selbstsicher behauptete, er könne ,mühelos alles Grüne zum Blühen bringen', sollte er Bens zukünftiger Gärtner sein.

Ich bin nicht voreingenommen, hatte Trixie beim Anblick von Klaus' mit nackten Frauen und merkwürdigen Schriftzügen verzierter Haut gedacht. Höchsten altmodisch, okay. Aber man soll bekanntlich die Menschen nicht nur nach ihrem Äußeren beurteilen. Geben wir ihm eine Chance, hatte sie gemeint und Bens Entscheidung für Klaus zugestimmt. Seine Haare, die er zu einem Männerdutt zusammengezwirbelt trug, hatten frisch gewaschen gewirkt und er hatte dezent nach Rasierwasser geduftet. Auch seine Manieren hatten für ihn gesprochen: sein fester Händedruck, seine ruhige Stimme; er hörte anderen zu, ohne sie zu unterbrechen und – der Mann war keine Labertasche, die viel redet und dabei wenig sagt.

Der andere Kandidat war sturzbetrunken auf Ben und Trixie zugewankt und hatte sich gleich zur Begrüßung ins

Gebüsch übergeben müssen. Seine schmuddeligen Klamotten, die strähnigen Haare und der ungepflegte Vollbart hatten Trixie ihre Nase rümpfen lassen, und sie hatte Ben signalisiert: Den nicht, um Gottes Willen!

Also zog Klaus am folgenden Tag in die Hütte, richtete sich dort ein und wirkte trotz der spartanischen Einrichtung zufrieden.

***

Noch am selben Abend sammelte der neue Gärtner einen Pluspunkt bei Trixie, als sie zufällig bemerkte, wie sorgfältig er die Blumenbeete hegte und wie liebevoll er leise mit den üppig blühenden Rosen sprach.

Als sie sich ihm näherte, wirkte er peinlich berührt davon, dass sie ihn bei seiner Zwiesprache mit dem Busch belauscht hatte. Sein Gesicht wurde flammend rot vor Verlegenheit, und er stammelte: „Ähm ... die verstehen mich, wissen Sie, Trixie. Natürlich nicht meine Worte, aber sie hören meinen Tonfall und gedeihen. Probieren Sie's mal aus, wenn Sie zu Hause Pflanzen haben. Für die Gespräche mit ihnen sollte man sich nicht schämen, auch wenn man sich manchmal dämlich dabei vorkommt."

„Schon gut, das machte mein Opa auch immer, der hat seinen Kaktus jeden Morgen gleich nach dem Aufstehen angesprochen. Stand da mit seinem Kaffeebecher in der Hand und plauderte mit dem stacheligen Grünzeug", amüsierte sich Trixie. „Zum Dank erfreute das Gewächs ihn mit schnellem Wachstum."

*A*lso, nun muss ich mich wohl noch ein wenig um die Eingangshalle in deiner Villa kümmern, lieber Ben", verkündete Trixie. „Wir könnten zum Beispiel das kleine Tischchen, auf dem du die Post ablegst, woanders besser hinstellen. Ist doch ein gut restauriertes, edles Möbelstück, das wäre ein Blickfang. Oder neben der Garderobe einen Spiegel aufhängen, damit Besucher prüfend ihre Haarfrisur checken oder den Lippenstift nachziehen können. Und", fiel ihr noch ein, „den klapprigen Schirmständer endlich mal ersetzen durch einen neuen. So ganz bin ich noch nicht fertig mit dir, haha."

„Stimmt, der windschiefe Schirmständer muss auf jeden Fall raus. Aber erstmal trinken wir einen Kaffee", schlug Ben vor. „Ich hoffe, du hast noch nicht gefrühstückt?"

Trixie merkte Ben die Hoffnung auf einen gemütlichen Plausch an, der sich erfahrungsgemäß hinziehen konnte, und nickte begeistert. Genau deshalb suchte sie diesen Kunden gern am frühen Morgen auf. Einen Mann, der längst mehr als nur ein Kunde für sie war, wenn sie ehrlich sein sollte. Jemand, der sie von Anfang an fasziniert hatte, der sie in seinen Bann zog und ihr mittlerweile keine Ruhe mehr ließ. Der mich aufwühlt wie das von uns gemeinsam geschaffene Grab des Gärtners, haha.

Wie bist du doch pietätlos dem armen Fritz gegenüber, schimpfte ihre innere Stimme mit ihr, lästig und dabei zutreffend wie immer.

Halt den Rand!, meinte Trixie genervt. Der Kerl hat Ben früher sehr zugesetzt, wenn ich seinen Worten glauben darf. Und, ja, ich vertraue Ben, setzte sie in Gedanken hinzu.

Ihr inneres Stimmchen legte beleidigt eine Schweigepause ein, bevor es erneut meckerte: Warst du denn selbst dabei, als der Gärtner den Knaben Ben verprügelt hat und im Geräteschuppen in der Toilette eingesperrt hat? In dem Anbau, der an die Hütte grenzte, in der Fritz hauste und den ihr als erstes abgerissen habt.

Weiß schon, erwiderte Trixie ungehalten, das windschiefe Kabuff, wo wir einen alten Blumentopf mit einer Sammlung benutzter Verhüterlis darin gefunden haben. Fritz und Ilse hatten offenbar ein wirklich anregendes Liebesleben, haha.

Das dir fehlt, Mädel, nur deshalb ziehst du das Ausmisten in dieser Villa unnötig in die Länge. Willst noch in Bens Nähe bleiben und wünscht dir, auch er würde dich in eine abgelegene Nische zerren und mit dir … naja, was man eben so macht, entgegnete das fiese Stimmchen in ihrem Kopf, dann gab es Ruhe.

Stimmt schon, gab Trixie zu, ich halte mich häufiger hier auf als in meiner eigenen Wohnung. Habe nun schon Termine mit zwei weiteren Kunden verschoben, hoffentlich springen die nicht ab. Ich muss vorsichtig sein, sonst geht alles den Bach runter, was ich mir mühsam aufgebaut habe. Ist es das wert für einen Mann?, fragte sie sich wohl zum tausendstenmal. Und antwortete ebenfalls wohl zum tausendstenmal: Nee, sagt der Verstand. JA, sagt das Herz.

Und was empfindet Ben für mich?, fragte sie sich dann wie jedes Mal. Weiß nicht so genau. So ganz gleichgültig bin ich ihm bestimmt nicht. Würde er mich sonst immer wieder zum Essen einladen, mir beim Ausmisten helfen, mich mit seinem Auto von zu Hause abholen und nachmittags wieder zurückbringen, nun, da mein eigenes Auto leider – oder Gott sei Dank – nicht mehr fahrtüchtig auf der Straße vor meiner Unterkunft in der Innenstadt steht? Für die Reparatur der alten Kiste hab ich noch nicht genug Geld beisammen.

Also, schaffe, schaffe, Häusle bauen oder wie dieser abgedroschene Spruch geht. Beziehungsweise Fahrzeug reparieren lassen. Ach, wenn Ben das doch auch könnte, seufzte Trixie in Gedanken. Ist ja mit technischen Spielereien vertraut, nur als Kfz-Mechaniker taugt er nix. Haben wir ja gesehen, wohin es führt, wenn er Einzelteile im Motorraum austauschen will. Ölverschmierte Hände, zig Flüche, und die olle Kiste gibt immer noch kein Lebenszeichen von sich. Die hätten wir neben Fritz unter der neuen Hütte mit einbuddeln können. Dann dürfte dessen Geist im Erdreich auf und ab fahren, haha. Falls die Hütte darüber stabil genug ist. Sonst müssen wir bald eine weitere errichten, haben ja nun Übung darin. Wäre das ein gemeinsamer Geschäftszweig? ‚Wir bauen, Sie wohnen‘, oder ‚Wir lassen jedes Ihrer Probleme verschwinden‘. Ben als Architekt rührt den Beton an, ich kümmere mich um die Inneneinrichtung und erledige die Buchführung, hm.

„So in Gedanken, schöne Frau?“, holte Bens Stimme sie an den liebevoll gedeckten Frühstückstisch zurück. „Schmiedest du geheime Pläne, Häschen?“

„N … Nein", stotterte Trixie und besann sich: „Bevor wir uns der Eingangshalle widmen: Wolltest du nicht heute endlich die restlichen Sachen aus deiner Stadtwohnung hierher schaffen? Ich könnte dir dabei helfen, okay? Mein nächster Kunde Herr Müller kann noch ein wenig warten, sollen die Spinnen in seiner Messiewohnung sich ruhig noch eine Weile wohlfühlen. Wenn ich an diese ätzende, versiffte Unterkunft nur denke, in der ich demnächst arbeiten soll, dann dreht sich mir der Magen um. Ist oft ein richtig ekelhaftes Geschäft, das Ausmisten in anderer Leute Wohnung, weißt du", erklärte sie und verzog angewidert ihr Gesicht. „Werd nie begreifen, wie man es dazu kommen lassen kann, so elend zu hausen. Als ,Wohnen' kann man das nicht mehr bezeichnen. Jämmerliche Kreaturen", schloss sie.

„Bin mehr als einverstanden mit deiner Unterstützung", meinte Ben. „Da hab ich ja nicht nur eine Aufräum-Fee bestellt, sondern gleich eine Umzugshelferin dazu erhalten. Und was für eine sympathische obendrein! Noch eine Wagenladung, und die Bude ist endlich leer. Also kann ich danach die Schlüssel an den Vermieter abgeben und der Wohnung den Rücken kehren. War ohnehin nur eine Übergangslösung, auf Dauer zu klein für meine Bühnenausrüstung." Er deutete auf einen Stapel aufgetürmter Bühnenaccessoires, der in einer Ecke der großen Küche aufgebaut war. „Das bringe ich im Keller unter", überlegte er.

„Am besten in der alten Kühltruhe, dort ist ja inzwischen ausreichend Platz, seit alle Erbsen und Möhren entsorgt worden sind", erwiderte Trixie grinsend.

„Nee, die Truhe wird auch beseitigt. Aus der springen mich zu viele negative Erinnerungen an, das saugt meine Kreativität auf. Du weißt ja, Magie ist alles, ohne …"

„NEIN!", fuhr Trixie auf, „ich mag diesen Spruch nicht mehr hören. Denk dir einen anderen Slogan aus, BITTE!"

„Wieso, ist doch sehr einprägsam", meinte Ben belustigt und setzte seinen begonnenen Spruch unbeeindruckt fort: „Ohne Magie ist alles nichts."

Trixie warf den tropfenden Kaffeelöffel, mit dem sie soeben im Becher herumgerührt hatte, spielerisch nach ihm.

***

Die eine Wagenladung entpuppte sich als drei Fuhren mit Bens großem Van, und es war später Nachmittag, als Ben endlich seine Wohnungsschlüssel losgeworden war und er gemeinsam mit Trixie in sein zukünftiges Heim, Ilses alte Villa, aufbrechen konnte.

Die letzten Kleinigkeiten waren dort in die Halle geschafft worden, wo sie bis zum folgenden Tag aufgetürmt liegen würden.

„Uff", stöhnte Ben und ließ sich ermattet im Wohnzimmer auf das Sofa fallen.

„Uff", stimmte Trixie zu und plumpste neben ihn.

„Jetzt ein Schläfchen", überlegte Ben mit einem schelmischen Zwinkern in den Augen.

„Genau, gönnen wir unseren müden Gliedern ein wenig Ruhe", stimmte Trixie ihm zu, doch der Unterton in ihrer Stimme blieb Ben nicht verborgen.

121

„Ruhe gönnen?", alberte er herum und umfasste Trixie so fest mit seinen Armen, dass sie vor Schreck aufschrie. „Ich werd dir zeigen, was ein fähiger Magier alles kann, Mädel", lachte er, und seine Müdigkeit schien wie weggeblasen zu sein. Er erhob sich, legte sich die strampelnde Trixie über seine Schulter und war bald in seinem Schlafzimmer angelangt, wo er sie auf das breite Doppelbett warf.

„Magie ist alle ..." Weiter kam er nicht, denn Trixie zerrte an seinem Oberteil.

„Halt bloß die Klappe!", warnte sie ihn, „sonst hast du keinen Spaß mit mir!"

Und die beiden hatten wirklich Freude aneinander, wie Trixie Stunden später zugeben musste, als sie vollkommen erschöpft, aber unendlich glücklich, in Bens Armen erwachte. Als sie ihm sachte eine Haarsträhne aus der Stirn pustete und die goldenen Muster bewunderte, die von den Strahlen der aufgehenden Sonne durch die nur nachlässig geschlossene Jalousie auf den Teppichboden gemalt wurden.

Was für'n Kerl, dieser verrückte Zauberer, ging es ihr durch den Kopf. Der weiß, was er tut und was mir gefällt. Verliebt schmiegte sie sich an ihn und schlummerte noch ein wenig, begleitet von Bens leisem Schnarchen.

F abrizia!", hörte Trixie Ben jubeln, als ein schlankes Mädchen sichtlich selbstbewusst zur Haustür der Villa hereinkam. Als es unmittelbar hinter der Tür stehen blieb, ihn wartend anblickte und sich schließlich von seinen kräftigen Händen hochheben ließ.

Neugierig verfolgte Trixie vom Hintergrund der Halle aus, wie Ben seine Tochter lachend umherschwenkte und sie endlich auf den Hallenboden stellte.

„Lass dich anschauen, mein Kind", sagte er, ganz der stolze Vater, packte die Kleine an ihrer schmächtigen Hand und drehte sie liebevoll um sich selbst, so dass ihre langen schwarzen Haare um ihren Kopf herumwirbelten.

„Wirst immer länger, wie Ilses Tomaten", erklärte er vergnügt. „Die wuchsen auch förmlich in den Himmel und kitzelten die Sonne am Bauch."

„Papa, ich bin doch keine Tomate", wehrte Fabrizia sich und begann zu kichern.

„Dann eben ein Radieschen", erwiderte Ben. „Die bleiben kürzer, da kann man aus Versehen drauftreten."

„Nein, Papa, auf mich soll niemand drauftreten." Fabrizia befreite sich aus Bens Armen und musterte mit wachen Blicken die für sie fremde Frau, die neben dem Garderobenständer verharrte und sie ebenso neugierig wie sie selbst betrachtete.

„Trixie, die Ordnungs-Fee", stellte Ben sie seiner Tochter vor. „Fabrizia, mein ganzer Stolz. Endlich

Schulferien, nicht wahr?", fuhr er fort und schob seine Tochter an ihren Schultern sanft nach vorn.

„Papa, ich kann schon allein laufen", beschwerte Fabrizia sich und verdrehte ihre Augen genervt. Sie gab Trixie artig ihre Hand und deutete eine Verbeugung an. „Angenehm, Sie kennenzulernen."

Wow, ein gut erzogenes Kind, dachte Trixie und meinte: „Doch nicht so förmlich, Fabrizia. Ich bin Trixie und keine Königin. Vor mir musst du dich nicht verbeugen und auch keinen Knicks machen, haha."

Verwirrung malte sich auf den feinen Zügen von Bens Tochter. „Ähm … Ein Knicks, was ist das? Wie macht man so etwas?"

Trixie vollführte einen übertriebenen tiefen Knicks vor ihr und hörte das Knacken in ihren Knien, als sie in die Hocke ging. „Das ist eine Ehrenbezeugung für einen Menschen, der für etwas Besseres gehalten wird … und der doch nur wie alle anderen seinen Tee mit Wasser kocht", erklärte sie dem Mädchen, das ihren Worten andächtig lauschte und sich beim deutlich hörbaren Knirschen in Trixies Knochen das Kichern nicht verkneifen konnte.

Als Trixie ächzend wieder hochkam und zu lachen begann, war das Eis zwischen ihnen gebrochen.

„Ach Mädel, so ist das eben, wenn man alt wird. Die Haut wird runzlig wie bei einer Schildkröte, die Haare werden grau und die Gelenke knirschen. Aber davon bist du noch Lichtjahre entfernt", beruhigte sie Fabrizia.

„Ich bin schneller als eine Schildkröte", bemerkte das kluge Mädchen mit einem schelmischen Zwinkern in ihren Augen, das Trixie an Ben denken ließ.

Im Gesicht ähnelt sie ihrem Vater, dachte Trixie. Aus Fabrizia wird später sicherlich mal eine wunderschöne Frau, auf die Ben stolz sein kann als ihr Erzeuger. Wie Fabrizias Mutter wohl aussieht? Die dunklen Haare des Mädchens stammen von der, überlegte sie und verspürte wieder einen leichten Hauch von Eifersucht auf die Fremde. Ich würde mir gern mal ein deutliches Foto von Bens Ex ansehen; das eine, das ich kürzlich auf dem Dachboden entdeckt habe, ist recht unscharf. Ob er dazu bereit ist, mir eines zu zeigen?

***

„Verflixt schwierig", musste Trixie zugeben, als auch der dritte Jonglierball im nahen Gebüsch landete. Nein, Tennisbälle seien weniger geeignet für das Üben, hatte Ben gemeint und ihr diese Bälle für Profis ausgehändigt, denn Fabrizia hatte darauf bestanden, ihr das Jonglieren beizubringen.

Nun kugelte das Mädchen sich vor Lachen bei Trixies verzweifelten Versuchen, mehrere Bälle gleichzeitig in die Luft zu werfen und wieder aufzufangen.

Vergeblich. Anstrengend. Ich bin zu blöd, dachte Trixie verzagt und ließ sich ins Gras fallen.

„Macht Spaß", hielt Fabrizia dagegen und führte ihr Kunststück mit gleich fünf Bällen vor, von denen sie nicht einen einzigen fallen ließ. „Schaffe ich auch mit Keulen oder brennenden Fackeln", setzte sie leise hinzu und warf einen verstohlenen Blick zu ihrem Vater, der in der Nähe stand und diese Erklärung offenbar nicht hören sollte.

Trixie begriff und nickte verständnisvoll – das würde mir allerdings auch Sorgen um mein Kind bereiten, dachte sie.

„Da bin ich lieber vorsichtig, Fabrizia. Ich möchte mich nicht verbrennen", meinte sie, an das Mädchen gewandt. „Nächster Versuch", kündigte Trixie kühn an und nahm diesmal nur zwei der Bälle in ihre Hände. Dachte sich dies einfacher, stellte sich breitbeinig auf den Rasen und bereitete sich gedanklich darauf vor, es endlich zu schaffen. Hoch in die Luft und dann auffangen – es klang so einfach und sah so leicht aus bei Bens Tochter. Wenn ein Kind das kann, dann werde ich, eine erwachsene Frau, das doch wohl auch hinbekommen, sprach Trixie sich selbst Mut zu und warf den ersten der Bälle hoch. Ließ gleich darauf den zweiten folgen. Erhaschte den ersten Ball noch, aber natürlich, der zweite glitt ihr aus den hektisch zupackenden Fingern, prallte ab von der Umrandung aus Stein, die ein Blumenbeet umgab, und verschwand unter den üppigen lilafarbenen Blüten eines Rhododendronbusches.

„Verd … Mist!", schimpfte Trixie und hielt sich sofort ihre Hand vor den Mund. Fluchen in der Anwesenheit eines Kindes, nee, das ging gar nicht.

Ben schüttelte nur stumm seinen Kopf, als er Trixies Ausrutscher bemerkte.

Flucht der nie?, fragte sie sich und begann, mit ihren Fingern unter dem Busch herumzutasten. Bekam schmutzige Hände, bedachte den vermaledeiten Ball in Gedanken mit heftigen Schimpfworten, zog ihre Hand wieder hervor und zog ihre Stirn unwillig in Falten, als sie die dunklen Ränder unter ihren sonst so gepflegten Fingernägeln betrachtete. Richtete sich seufzend wieder auf, drückte ihren schmerzenden Rücken durch und …

„Voilà! Gar nicht so schwer, haha." Als hätte er ein Karnickel aus einem Hut gezaubert, hielt Ben ihr den vermissten Jonglierball vor die Nase und lachte nur, als sie wutschnaubend auf ihn losstürmte. „Kriegst mich nicht, ätsch!"

Fort rannte er, den Ball provozierend über seinem Kopf haltend, und entwischte Trixie immer dann knapp, wenn sie schon meinte, ihn endlich an seinem T-Shirt festhalten zu können.

Na endlich, dachte sie, nun hab ich dich! Der Stoff unter ihren fest zupackenden Fingern zerriss ein wenig, doch sie ließ Ben nicht los. Packte zu wie ein hungriger Löwe, der eine wohlschmeckende Beute angefallen hat.

So heftig presste Trixie ihre Finger zusammen, dass es sie zu schmerzen begann, während sie sich mit Ben ein munteres Gerangel lieferte. Eng umschlungen landeten beide schließlich im Gras und blieben schwer atmend ineinander verknäult dort liegen.

Fabrizia, die ihnen vergnügt zugeschaut hatte, spendete laut Beifall. „Zugabe!", spornte sie ihren Papa und Trixie an. „Gute Show!"

„Kind, du nervst", lag es Trixie auf der Zunge, doch sie konnte dem verschmitzt lachenden Mädchen nicht böse sein und sagte nur, immer noch keuchend: „Dann zeig mir, wie ich es richtig machen muss, Fab!"

„Ja, Fab, zeig der alten Frau den korrekten Bewegungsablauf. Jeder fängt mal an, das wird schon noch", machte Ben der grimmig dreinschauenden Trixie Mut. „Bis zur Zaubershow hast du es drauf."

Bis zur Zaubershow? Nee, ist abgelehnt. Kommt nicht infrage, dass ich mich zum Gespött fremder Leute mache. Nun fängt Ben auch noch damit an, dachte Trixie und schüttelte ihren Kopf. Nicht genug damit, dass sein talentiertes Töchterlein mich dazu überreden will, als eine angebliche Zuschauerin die Bühne zu betreten und dort an dem Spektakel teilzunehmen. Nein, die beiden werden erst dann Ruhe geben, wenn sie mich angeblich im Bierfass zerhackt haben und ich dem Publikum als scheinbar zerstückelte Person mit meinen nackten Zehen zuwinke, während meine Arme aus einem anderen Fass hervorlugen und ebenfalls winken.

Immerhin kannst du dann mal einen Blick hinter die Kulissen eines weltberühmten Zauberers werfen und erfährst, wie seine Kunststücke funktionieren, vernahm sie gleich darauf das offenbar allzeit präsente innere Stimmchen in ihrem Kopf.

Schön, nur genießen kann ich's nicht mehr, wenn dem großen Frangi ... ähm, Frangidingsda der Trick misslingt, meckerte Trixie.

Frangipani nennt er sich, merk dir das doch endlich, schimpfte das Stimmchen und meinte beruhigend: Der wird dich wieder zusammenbauen. Denn mit einer nur noch teilweise vorhandenen Frau hätte er mit dir im Bett schließlich keine Freude mehr, haha.

Danke, wie beruhigend. Trixie konzentrierte sich erneut darauf, die beiden Bälle für eine Weile in der Luft behalten zu können. Verbiss sich regelrecht in diese für sie noch so schwierige Aufgabe, ignorierte das Ziehen in ihrem Kreuz und machte unverdrossen weiter, bis es draußen dämmerig wurde und sie Probleme bekam, die Bälle noch rechtzeitig zu erkennen.

„Eine verdammt hartnäckige Frau, alle Achtung", lobte Ben sie und begleitete sie ins Haus. „Tee für alle, dazu von Fabrizia selbstgebackene Schoko-Kekse", meinte er und lächelte über Trixies strahlende Augen bei dieser Ankündigung. „Da geht die Sonne gleich wieder auf, nicht wahr? Rasch, sonst futtert mein Töchterlein die Süßigkeiten erbarmungslos auf, haha."

„Genauso süß wie ich selbst", gab Trixie ihren Kommentar dazu ab und beeilte sich, Ben in den Hausflur zu folgen, der ihr mittlerweile fast vertrauter war als der Flur in ihrer Stadtwohnung.

Bens Zahnbürste stand nicht mehr allein im Bad, ihre eigene hatte sich dazugesellt.

*M*it Bens Tochter verstand Trixie sich wunderbar. Das Mädchen begleitete Ben und sie bei einem Ausflug mit einem Ruderboot auf einem See in der Nähe; es ließ sich von ihr die langen seidigen Haare kämmen, es vertraute ihr allmählich sogar den erste Liebeskummer an und ließ sich von Trixie trösten.

Ich komme mir schon fast vor, als sei ich Fabs Mama, dachte Trixie hin und wieder und genoss dieses Gefühl. Ihre eigene Familienplanung hatte nie so recht geklappt. Mit keinem ihrer bisherigen Liebsten hätte sie sich ernsthaft vorstellen können, Mutter eines gemeinsamen Kindes zu werden, zu unzuverlässig und egoistisch waren sie alle gewesen.

Der erste ihrer ehemaligen Partner hatte sich als fauler Schwätzer entpuppt, der die damals noch recht naive junge Frau mit seinen großspurigen Reden eingewickelt und sich dann vornehm zurückgehalten hatte, als sie Hilfe bei einem Umzug benötigte. Mittags um elf Uhr dreißig hatte sie ihn aus dem Bett geklingelt, und, in seinem müffelnden Schlafanzug steckend, die Haare ungewaschen, den sprießenden Bart nicht rasiert, hatte er ihr schlaftrunken erklärt, also so schnell könnten sie wohl nicht zur Müllkippe aufbrechen, er müsse noch frühstücken, duschen, sich anziehen, und und und.

„Du hast es mir versprochen", hatte Trixie ihn erbost daran erinnert, dass sie nur an diesem Tag Zeit habe, den alten Krempel aus ihrem Keller zu entsorgen. „Und die Müllkippe schließt um dreizehn Uhr. Wo soll ich denn das Zeug lassen", sie deutete auf ihren sichtlich vollgestopften Kleinwagen, in dem ihr alte Geräte und Kleinkram aller Art die Sicht aus dem Heckfenster versperrten.

„Kann doch bis Montag da drinbleiben, und dann bringst du es eben nachmittags nach der Arbeit weg", schlug Benno vor.

„Du machst dir ‚nen faulen Tag als Arbeitsloser", giftete sie ihn an, „meinst du, ich möchte mit dem vollen Auto durch die Gegend fahren und das Risiko eingehen, dass jemand die Kiste aufbricht? Ist zwar nix Wertvolles dabei, aber ein Krimineller entdeckt immer was zum stehlen. Nee, lieber Benno, wir fahren jetzt! Ich koche dir einen Kaffee, du verschwindest im Bad, und dann geht's los!", befahl sie.

Er trollte sich tatsächlich, aufgeschreckt von ihrem ungewohnt energischen Tonfall. Sie schafften es, Trixies ausgemusterten Hausrat noch rechtzeitig auf der Kippe abzuladen, dann entschied Benno, es sei nun höchste Zeit für das Mittagessen. Er sei schließlich sooo erledigt durch seine großartige Hilfe für Trixie, da müsse er sich umgehend stärken. Sonst sei er für den Rest des Tages zu nichts, GAR NICHTS mehr zu gebrauchen.

„Bei unserem Stamm-Italiener, ich hab eine große Pizza verdient", meinte er und ließ sich von Trixie mit ihrem nun leer geräumten Fahrzeug in die Innenstadt kutschieren, wo sie minutenlang nach einem Parkplatz fahnden musste und den gefräßigen Parkautomaten füttern musste – auf ihre Kosten natürlich.

Das Essen schmeckte gut, aber als es ans Bezahlen ging, fand Benno angeblich seine Brieftasche nicht. „Liegt bestimmt zu Hause, sorry", gab er an und verzog sein Gesicht zu einer zerknirschten Miene. „Konnte ja in der Eile nicht an alles denken."

Gut gespielt, du Idiot, dachte Trixie grimmig und übernahm – natürlich – die Rechnung. Sie brachte Benno noch zu seinem Wohnblock zurück und ließ ihn aussteigen.

Von da an war er Luft für sie.

***

‚Freund' Nummer Zwei war ebenso egoistisch, denn kaum musste sie wegen einer nicht ansteckenden Krankheit für einige Tage daheim bleiben, ignorierte er sie. Er rief sie weder an, noch ließ er sich persönlich blicken.

Ein feiner Freund, dachte Trixie enttäuscht und brach den Kontakt zu ihm telefonisch ab. Auf ihre Frage, weshalb er sich nicht um sie gekümmert habe, erhielt sie den Kommentar: „Wir hätten doch sowieso nichts Nettes unternehmen können".

„Brauchen wir in Zukunft auch nicht mehr", entgegnete sie kurzangebunden und legte auf. Das war's.

Nummer Drei war weder treusorgend noch treu, und nachdem Trixie sich auch von dem getrennt hatte, beschloss sie, nun für eine Weile lieber Single zu sein. Sich von bindungsunfähigen Männern fern zu halten und sich voll und ganz um ihr selbst gegründetes Kleinunternehmen zu kümmern.

***

Bisher war sie gut damit gefahren … Bis Ben in ihr Leben getreten war. Ben und seine muntere Tochter Fabrizia, genannt Fab.

Trixie begann, das Zusammensein mit den beiden herbeizusehnen, wann immer sie bei einem Kunden war oder sich, was nur noch selten der Fall war, in ihrer Stadtwohnung aufhielt. Noch konnte sie sich nicht dazu entschließen, endgültig ihre Zelte in der Innenstadt abzubrechen und in Bens Villa zu ziehen. Noch mochte sie ihre eigenen vier Wände nicht aufgeben. Noch nicht … Irgenwann, sagte sie sich, wann immer Ben vorschlug, sie solle doch endlich bei ihm einziehen. Er würde ihr jeden Wunsch von den Augen ablesen.

„Ich werde dich verzaubern wie kein anderer Mann", versprach er. „Dabei behältst du alle Freiheiten der Welt, ich hänge nicht wie eine Klette an dir."

Alle Freiheiten?, überlegte sie. Auch die Freiheit, ungezwungen mit jemandem wie zum Beispiel Klaus zu reden, ohne dass Ben Anzeichen von Eifersucht zeigt?

Der Gärtner war Ben offenbar ein Dorn im Auge, unterhielt er sich doch bei Gelegenheit gern mit Trixie. Und sie sich mit ihm, denn Klaus war intelligent und einfühlsam. Manchmal war Trixie drauf und dran, mit ihren Fingern über die bunten Tätowierungen an seinen Armen zu fahren, ihn zu berühren, seine Haut zu spüren. Sie schreckte davor zurück, verwirrt über ihre merkwürdigen Gefühle in Klaus' Anwesenheit.

Bin ich denn nicht in Ben verliebt?, fragte sie sich dann.

Weshalb geht mir dieser Gärtner nicht aus dem Kopf; sogar nachts geistert der durch meine Gedanken. Ist es der Reiz des Ungewöhnlichen, der diesen Mann umgibt, seine Erzählungen von wilden Erlebnissen – beinahe wäre er seinen Worten zufolge als Kind im Baggersee ertrunken -, seine sensible Art? Sie konnte nicht sagen, weshalb Klaus sie so sehr anzog. Sie wusste nur, sie begab sich immer mehr aufs Glatteis und würde irgendwann ihre gerade aufblühende Beziehung mit Ben aufs Spiel setzen.

***

„Hier hat er gelegen. Ich wollte nur mit Papa Verstecken spielen, und plötzlich sah ich da so'n komischen Schuh mit Erdresten dran. Ich hab ihn Papa gezeigt, und der hat ihn genommen und weggeworfen", wisperte Fabrizia Trixie ins Ohr und zeigte auf eine Stelle im Keller, die sich nicht weit von der mittlerweile entsorgten Kühltruhe befand. Von dieser war nur noch ein schwacher dunkler Abdruck auf dem Boden zu erkennen. Außer Erinnerungen war Ben und Trixie nichts von der unheilvollen Truhe geblieben, und sie waren beide erleichtert darüber. Bald würde eine wacklige alte Kommode an diesem Platz stehen, in der Kleinkram eingeräumt werden würde.

„Wie mag der dorthin gekommen sein", grübelte Trixie und vermutete: „Den muss Fritz wohl verloren haben, als er hier was repariert hat." Dass der Schuh des einstigen Gärtners bei seinem tödlichen Unfall von seinem Fuß gerutscht war, als Fritz gestolpert war, hatte Ben ihr zwar erzählt, aber Trixie behielt es für sich. Je weniger das

Mädchen wusste, umso weniger konnte es unfreiwillig preisgeben, sollte sich jemals wieder ein Gesetzeshüter mit der Angelegenheit beschäftigen.

„Tja, den Schuh hab ich dann oben aufs Gemüse in die Truhe gelegt", gab Ben kleinlaut zu, als Trixie ihn nun darauf ansprach. „Blöde Idee, ich weiß. Hätte ihn tatsächlich gleich in die Mülltonne stecken sollen."

„Und direkt drunter konnte man Fritz' knochige Hände erkennen, die auf seinem Bauch lagen", ergänzte Trixie und schüttelte ihren Kopf, immer noch irritiert von dem Anblick, der sich ihr geboten hatte.

G ib die Karre doch in Zahlung", schlug Ben vor, als Trixies fahrbarer Untersatz bei einem weiteren Versuch zu funktionieren röchelnd erstarb. „Such dir einen neuen Wagen aus, es gibt schon günstige Modelle."

Trixie zuckte ratlos mit ihren Achseln und rieb ihren Zeigefinger gut sichtbar an ihrem Daumen. Das Zeichen für das Zählen von Geld soll meine Finanznot verdeutlichen; das muss Ben doch begreifen, dachte sie.

„Für ein Auto muss ich meine eiserne Reserve anzapfen", erklärte sie. „Will ich das? Kann ich das? Ich MUSS es", erkannte sie und atmete hörbar aus. „Wie soll ich sonst meine Kunden aufsuchen können?" Sie klang dermaßen kläglich, dass Ben seine Ohren spitzte.

„Ich könnte dir etwas zur Verfügung stellen", bot er an und machte eine weit ausholende Geste, die die gesamte Eingangshalle der Villa umfasste. „Ist alles schuldenfrei, ich kann das Haus beleihen. Mein Banker kennt mich als solventen Kunden. Nein", übertönte er Trixies Protest, „auf dich kommen dann lediglich die Zinsen zu, die du an mich zahlst. Und ein geringer Abzahlungsbetrag, wann immer du etwas übrig hast. Ansonsten stehst du ganz und gar nicht in meiner Schuld, Liebes. Solltest du mal in einem Monat nicht flüssig sein, nun, genug zu Essen wird immer vorhanden sein. Für mich, für dich, für Fab", bekräftigte er. „Deinen Anteil am Auftrittshonorar ziehe ich für die Zinsen ab. Einverstanden?"

Auftrittshonorar. Zaubershow. Der lässt nicht locker, erkannte Trixie. Doch so hoch kann keine Gage ausfallen, dass ich mich auf ein solches Abenteuer einlasse.

„Wann soll ich denn neben meinem zeitfüllenden Hauptjob noch üben können, Ben? Du wirst mich unbeholfene Anfängerin doch nicht auf der Bühne zum Deppen machen wollen, oder? Die Zuschauer würden mich gnadenlos auslachen, und die Presse würde sich auf dich stürzen mit negativen Kritiken über deine miese Auswahl des Bühnenpersonals", versuchte Trixie den Teufel an die Wand zu malen, den sie in vor ihrem inneren Auge längst munter tanzen sah.

Ben sah sie nur an und grinste. Grinste von einem Ohr bis zum anderen.

„Ja, soll ich dann in einem engen Fummel dort meinen nicht mehr so attraktiven Body präsentieren?", fiel ihr noch ein, und sie errötete bei der Vorstellung, ausgebuht zu werden. „Mein Oberweite geht nur mich und dich etwas an. Ich zwänge mich nicht, NIEMALS, in ein Kostüm, aus dem mein Busen hervorblitzt. Das kannste dir abschminken!", beendete sie ihre kleine Ansprache mit immer lauter werdender Stimme.

„Ganz ruhig, Brauner, du trittst einfach in einem Kartoffelsack auf. Aus dem fällt nix raus, haha", raunte Ben und tätschelte liebevoll Trixies Arm. „Von morgen an, wertes Häschen, werde ich dein Lehrer sein. Ich werde dir zunächst geduldig beibringen, wie man jongliert, danach übst du gemeinsam mit Fab kleine Showeinlagen ein. Dauert täglich höchstens eine Stunde, versprochen."

***

Jeden Abend, an dem Trixie nun aus ihrem neu erworbenen Kleinwagen ausstieg und die Villa betrat, in der sie zuverlässig von Ben mit einem leckeren Abendessen empfangen wurde, an jedem dieser Abende lernte sie die Kunst des Jonglierens kennen und entdeckte eine ungeahnte Freude daran.

Soviel Freude, dass sie vor lauter Begeisterung darüber, endlich sogar mit drei Bällen gleichzeitig jonglieren zu können, in Klaus' Unterkunft zu drei Rollen Klebeband griff und diese übermütig in der Hütte hochwarf und wieder auffing. Hochwarf und auffing, hochwarf und …

„Stopp", bremste der Gärtner die Frau mit dem hochroten Kopf und den verschwitzt am Schädel klebenden Haaren aus.

Trixie zuckte zusammen, und alle Kleberollen landeten auf Klaus' Bettsofa.

„Haben Sie mich gesucht, Trixie?", erkundigte sich der Gärtner irritiert. „Oder haben Sie etwas verloren?" Er deutete mit seinem Kopf auf die geöffnete Schublade, aus der die Rollen stammten.

Ohje, ist das peinlich, dachte Trixie und spürte einen erneuten Hitzeschub. Ich hab doch nur …

„Ich hab nach einer großen, kräftigen Schere gesucht, im Haus gibt's nur die kleineren Exemplare, damit kann ich schlecht basteln. Ich möchte Fab nämlich etwas schenken", erklärte sie und fuhr fort: „Dabei bin ich zufällig auf diese Rollen gestoßen und konnte nicht widerstehen. Ich kann nämlich inzwischen jonglieren!", erklärte sie stolz wie ein Schulkind, das die erste Eins in seinem Leben geschrieben hat.

„Aha, jonglieren", meinte Klaus nur und warf ihr einen Blick zu, als wolle er sich im Irrenhaus nach einem Platz für Trixie erkundigen. „Ich wohne hier. Wissen Sie, was ‚Privatsphäre' bedeutet?" Seine Stimmer hatte einen kalten Klang angenommen, und seine eisblauen Augen starrten sie eindringlich an.

Doch als er bemerkte, wie Trixies Augen sich gegen ihren Willen mit Tränen füllten, bekam seine Stimme den gewohnten sanften Tonfall. „Schon okay, Trixie. Obwohl ich eine solch merkwürdige Antwort noch nirgends gehört habe. Sehr kreativ", setzte er hinzu und grinste.

„Ich werd Ihnen zeigen, was ich bereits kann, Klaus. Sie werden staunen", kündigte Trixie an und schnappte sich erneut zwei der Kleberollen. „Aufgepasst!"

Die Gegenstände flogen durch die Luft und wurden elegant wieder aufgefangen.

„Wow, ich kann's kaum glauben", kommentierte Klaus und ließ die wirbelnden Rollen nicht aus den Augen. „Sie möchten wohl unbedingt zusammen mit Ben und der Kleinen auf der Bühne stehen, wie?" Überraschend packte er Trixies linke Hand und nahm ihr die Rolle darin weg.

„Die andere bitte auch", forderte er und ergriff die zweite Rolle, die Trixie ihm überrumpelt reichte.

„Hoppla, das ist wohl eher was für zarte Frauenhände", gab Klaus nach mehreren vergeblichen Versuchen zu.

„Ist doch ganz einfach, Klaus. Wie Ben immer sagt: Magie ist alles, ohne Magie ist alles nichts." Hätte nicht gedacht, dass ich auch mal irgendwen mit diesem Slogan nerven würde, dachte Trixie und verzog belustigt über sich selbst ihr Gesicht.

„Klasse Spruch", meinte Klaus anerkennend, „könnte von mir sein. Ben hat echt was drauf, wenn man die Zeitungsmeldungen über seine Shows verfolgt." Ein weiteres Mal warf er beide Rollen nacheinander hoch, verfehlte sie und kroch unter den Tisch, unter den sie gefallen waren. Lachend kam er wieder hoch und stolperte. Stolperte direkt in Trixies Arme. Absicht?

Sie wusste es nicht. Geistesgegenwärtig fing sie ihn auf und spürte seine Wärme. „Immer vorsichtig; einen solch umsichtigen und fleißigen Gärtner wie Sie findet man nur schwer." Und einen solch attraktiven noch dazu, ging es ihr durch den Kopf.

„Keine Angst, ich werde nicht mit Heckenscheren jonglieren", beruhigte Klaus sie. „Obwohl, wäre das nicht mal etwas für Ben?"

„Nein, der hält sich lieber an brennende Fackeln und Keulen", meinte Trixie.

W as bitte, machen Sie dort?" fragte Ben die alte Dame. Gundula Freifrau von Ebersheim, mit diesem Namen hatte sie sich vorgestellt, erinnerte er sich. Die polizeiliche Suche nach ihrem vermissten Erwin hatte kein Ergebnis gebracht. Die Polizei war wieder abgezogen, und eigentlich sollte nun Ruhe einkehren, fand Ben.

Aber nein, erkannte er. Nun latscht die Alte ungeniert in meinem Garten herum, stochert mit ihrem Handstock überall in die Erde, zerdrückt mit ihren Füßen die hübschen Blüten und meint noch frech zu mir, sie müsse ihren Erwin finden. Der sei mit Sicherheit hier irgendwo.

Ja, das ist wahr, hätte Ben beinahe gesagt, doch natürlich hielt er den Mund.

„Frau, äh, Freifrau von … ähm, Ebersheim", er räusperte sich vernehmlich, „ich fordere Sie auf, mein Grundstück zu verlassen. Und nehmen Sie endlich ihren Handstock aus meinem Blumenbeet, zum Donnerwetter!", rutschte es ihm raus, als er sah, wie sie den armen Blümchen zu ihren Füßen Ohrfeigen verpasste. „Sonst vergesse ich mich", drohte Ben und blickte die Fremde mit grimmiger Miene an.

Auch das schien keinen Eindruck auf die Frau zu machen. Unverdrossen piekste sie mal in diesen Busch, mal in jenes Beet, bückte sich und hob die langen Zweige einer Tanne hoch, spähte in das Halbdunkel darunter und kam ächzend mit schmerzverzerrtem Gesicht wieder hoch.

„Tja, da macht sich der Rücken bemerkbar, stimmt's?",
erkundigte sich Ben scheinheilig. Altes Schrapnell, troll
dich endlich, dachte er und überlegte, sie an ihren dürren
Armen zu ergreifen und mit Gewalt zur Gartentür hinaus
zu befördern. Ließ es allerdings bleiben und blieb stumm
neben ihr stehen.

„Frit … ähm, Erwin werden Sie hier nirgends
entdecken, nicht einmal, wenn Sie meinen Garten
umgraben", erklärte er. „Begreifen Sie es doch endlich!"

„Junger Mann, ich werde keine Ruhe geben, solange ich
meinen Erwin nicht gefunden habe", drohte die Freifrau
von Ebersheim und fuchtelte bei diesen Worten bedrohlich
mit ihrem Stock vor Bens Nase herum. „Heute gehe ich,
aber so leicht werden Sie mich nicht los." Sprach's und
machte kehrt, tappte erneut durch ein frisch angelegtes
Beet mit Tulpen und entschwand durch die Gartenpforte.

„Endlich!", stöhnte Ben und verdrehte genervt seine
Augen. „Was für eine Plage, diese Frau, die ist ja
regelrecht besessen von ihrer Suche nach Fritz-Erwin.
Sollen wir den wieder ausbuddeln, was meinst du?",
wandte er sich an Trixie, die das Schauspiel stumm
verfolgt hatte. Wortlos, amüsiert, ängstlich.

„Diese Frau wird uns noch einigen Ärger bescheren",
orakelte sie. „Die lässt nicht locker. Die bringt es fertig,
mit einem Bulldozer hier anzurücken, haha."

***

Trixies Befürchtung sollte sich als begründet
herausstellen, denn Gundula Freifrau von Ebersheim

tauchte alle paar Tage auf, öffnete energisch die Gartenpforte und führte auf Bens Grundstück kurzerhand weitere Untersuchungen durch. Als sie einen leichten Schwächeanfall in der sengenden Mittagshitze erlitt, blieb Trixie nichts anderes übrig, als sie zu einer der Gartenliegen zu führen, auf der sie sich einige Minuten ausruhte. Sogar ein Glas Wasser spendierte Trixie der sichtlich erschöpften alten Frau; ein anderes Verhalten hätte sie nicht mit ihrem Gewissen vereinbaren können.

„Wohnt die jetzt hier?", maulte Ben beim Anblick der auf der Liege ausruhenden Fremden. „Sollen wir die vielleicht noch zum Essen einladen, oder wie?"

Trixie spürte, er war außer sich und musste all seine Energie aufwenden, um sich zu beherrschen. Glücklich war sie auch nicht über die häufige Anwesenheit der alten Dame, aber sie traute sich nicht, sie vom Grundstück zu verjagen. Das stünde nur dem Hausherrn zu, fand sie, und Ben hatte ja schon den vergeblichen Versuch unternommen, die hartnäckige alte Frau zu vertreiben.

„Die ist ja schlimmer als jemand, der einen zu seiner Religion bekehren möchte", fand er. „Die ist doch besessen. Gehört in die Geschlossene", murmelte er abfällig und schüttelte seinen Kopf so heftig, dass seine langen, offenen Haare wild umherwirbelten.

„Das ist nur eine arme alte Frau, die es nicht verstehen kann oder verstehen will, dass sie ihren geliebten Erwin verloren hat, Ben", versuchte Trixie, ihn zu besänftigen „Wir sollten sie mit Nachsicht behandeln."

„Wie ein verwirrtes Schoßhündchen, das aus Versehen ein Stück der Pizza gefressen hat? Nee, liebe Trixie, mit mir nicht. Mir reicht's," meinte Ben und marschierte entschlossen zu der Gartenliege, auf der die Freifrau wie hindrapiert in der Sonne lag, ihren großen Hut als Sonnenschutz auf dem Kopf. Als Ben näherkam, meinte er, ein leises Schnarchen zu vernehmen.

„Möchte die gnädige Frau vielleicht noch ein Getränk?", erkundigte er sich mit eiskalter Stimme und so laut, dass sie erschrocken hochfuhr.

„Jetzt aber raus hier!", befahl er und machte Anstalten, sie an ihren Armen zu packen und hochzuzerren.

„Ich gehe schon", wisperte sie mit schwacher Stimme. „Für heute sind Sie mich los." Und fort war sie.

Fragt sich nur, wie lange?, überlegte Ben. Lästig wie eine Schmeißfliege, dachte er nicht sehr freundlich.

***

Das schöne Sommerwetter hielt an, und während Ben sich auf die nächste Zaubershow vorbereitete, genoss Trixie manch angenehme Stunde in dem prächtigen Garten. Erfreute sich an den duftenden Blumen, an den üppig wuchernden Magnolienbüschen und hielt dabei Klönschnacks mit dem neuen Gärtner. Längst hatten sie ihm das ‚Du' angeboten. Klaus entpuppte sich als sehr belesen; er war, im Gegensatz zu dem technikbegeisterten Ben, ein echter Büchernarr, und Trixie konnte sich wunderbar mit ihm unterhalten. Nie wurde es langweilig in seiner Nähe, empfand sie, stets war er aufmerksam. Dabei war er ein hervorragender Gärtner, der den inzwischen kümmerlichen Bewuchs - Ben hatte keinen ‚grünen

Daumen'- mit vernachlässigten Pflanzen in eine prachtvolle Anlage verwandelte; eine Augenweide für alle entstand, in der sogar ein kleiner Teich mit Goldfischen darin seinen Platz fand.

Trixie war begeistert, Fab war begeistert. Nur Ben schien mit Klaus nicht ganz einverstanden zu sein, wann immer die Sprache auf Klaus' gärtnerischen Einsatz kam.

Er schlich den beiden regelrecht hinterher, und Trixie dachte häufig, wenn sie ihn plötzlich halb verborgen von einem Busch wahrnahm: Ben überwacht mich, ich mag mich kaum noch in Klaus' Nähe aufhalten. Bist offenbar eifersüchtig, großer Magier, furchtbar eifersüchtig.

Genervt und zugleich geschmeichelt fühlte sie sich von Bens Bespitzelung. So ganz gleichgültig bin ich ihm wohl tatsächlich nicht, erkannte sie, sah allerdings keinen Grund, den Kontakt zu Klaus einzuschränken.

Ich bin Ben keine Rechenschaft schuldig, ich bin nicht sein Eheweib oder sein Eigentum, dachte sie und saß trotz Bens missmutiger Miene gern nach Feierabend vor Klaus' Hütte, um mit dem über ein Buch zu fachsimpeln, das sie ihm geliehen hatte. Derselbe Lesegeschmack, dieselben Ansichten über vieles ließen ihre Gespräche locker und unbeschwert fließen wie Wasser in einem klaren Gebirgsbach. Klaus war ein wunderbarer Gesprächspartner, und ihre gemeinsamen abendlichen Klönschnacks konnten sich bis in die Nacht hinein hinziehen.

Wenn Ben dann im Bett demonstrativ von ihr abrückte, sobald sie endlich in die Kissen sank, reichten sanfte Küsse ihrerseits, um anschließend doch wieder

145

gemeinsame körperliche Freuden bis zur Erschöpfung mit ihm zu erleben. Versöhnungssex vom Feinsten eben, und alle Wogen waren geglättet bis zum nächsten Vorfall.

***

„Ach, wie schön es hier geworden ist", lobte Trixie und drehte sich übermütig um die eigene Achse, bis ihr schwindlig wurde.

„Nicht hinfallen Liebes", vernahm sie Klaus' Stimme neben sich, und er klang besorgt.

Liebes?, dachte Trixie irritiert. Wenn das Ben hört, oh weh, oh weh. Ach, das ist doch nur so dahingesagt, beruhigte sie sich selbst, es hat nichts zu bedeuten.

Nichts zu bedeuten, Mädel?, meldete sich ihr inneres Simmchen zu Wort. Wirklich NICHT? Sieht er dich nicht begehrlich an, dieser Gärtner? Hat wohl Tradition in diesem Haushalt, dass der Gärtner sich an die Bewohnerin hier heranpirscht, haha.

Quatsch, erwiderte Trixie in Gedanken, was soll Klaus denn von mir wollen? Bin ich eine reiche alte Schachtel, die er heiraten und später beerben kann? Ich bin bereits vergeben, mein Liebster ist Ben, das dürfte Klaus bewusst sein. Und mein Konto quillt nicht gerade über vor Geld. Wenn ich an die alte Karre denke, dieser knatternde, stinkende Blechhaufen, den ich bis vor kurzem benutzt habe … Nett von Ben, mir den Erwerb eine Jahreswagens zu ermöglichen, dachte sie erleichtert. Der wird mich hoffentlich so bald nicht im Stich lassen. Und Ben auch nicht, spann sie ihre Überlegungen weiter. Auch nicht, wenn sein Gärtner mir nachstellt? Klaus, was willst du von mir?, fragte sie sich.

Ich sag dir, Mädel, was der von dir will, kam postwendend die Antwort von dem ihr leider sehr vertrauten Stimmchen in ihrem Gehirn. Eben das, was alle Männer wollen. Jemanden, der ihnen das Bett heizt - und die Bratkartoffeln aufwärmt, haha.

Blödsinn, der hat doch bestimmt ‚etwas laufen‘, der fährt ja hin und wieder in die Stadt und verbringt Stunden dort. Auf den wartet garantiert ein attraktives Schnittchen, haha, hielt Trixie dagegen.

Schon interessant, wie genau du ihn beobachtest, meinte ihr fieses inneres Stimmchen. Prüfst du etwa die Zeit, bis er zurückkommt, mit einer Stoppuhr?

Bei diesem Gedanken wurde Trixie vor Verlegenheit rot, und sie senkte ihren Kopf.

„Zu heiß?", erkundigte sich Klaus, als mitbekam, wie Trixies Wangen verräterisch ihre Farbe änderten. „Warte mal …" Er riss ein großes Blatt vom nahen Rhododendronbusch ab und fächelte Trixie Luft zu. Trennte ein weiteres Blatt ab und begann, beidhändig damit eifrig in der Luft herumzuwedeln, bis Trixie in Gelächter ausbrach.

„Zehn Goldtaler für deine Gedanken, Trixielein", kicherte er und stimmte dann in ihr Lachen ein.

„Die sind aber nicht jugendfrei, Herr Gärtner", neckte sie ihn und hielt seine Handgelenke fest. „Wenn du weiterhin soviel Wind machst, erkälte ich mich noch, dann muss Ben mich pflegen, haha. Aber jetzt eine kühle Limonade, ja, das wär schon was", seufzte sie dann und leckte genüsslich mit der Zunge über ihre Lippen. „Hm“, machte sie und verdrehte ihre Augen.

Klaus' Augen weiteten sich bei diesem Anblick, und für einige Sekunden starrte er Trixie intensiv an. Doch unvermittelt befreite er sich mit sanften Bewegungen aus ihrem Griff und wandte sich zur Seite.

Wer sind Sie? Suchen Sie wen?", erkundigte sich Trixie, als die schlanke Dunkelhaarige den gewundenen Weg durch den Garten hindurch auf sie zukam, wenige Schritte vor ihr stehenblieb, sich das hüftlange Haar aus dem Gesicht strich und sie mit einer Mischung aus Neugier und Abneigung anblickte.

„Viel mehr interessiert es mich, wer SIE sind", erwiderte die Fremde, und ihre Stimme hatte einen eisigen Klang. „Die neueste Eroberung des großen Zauberers? Meine Güte, muss der es nötig haben", meinte die Frau und musterte Trixie abschätzig.

„Angelina", hörte sie da Bens Stimme hinter sich, und schon stand er zwischen den beiden Frauen. Etwas näher zu mir hält er sich auf, registrierte Trixie mit Genugtuung, während er zu der fremden Schönheit Abstand hält.

Hab ich diese Frau nicht schon gesehen?, überlegte Trixie. Eine schwache Erinnerung stieg in ihr auf: Eine Kommode auf dem Dachboden der Villa, darin Zeitschriftenartikel über Ben … ein Bild von ihm an der Seite einer langbeinigen, rassigen Südländerin. ‚Wenn auch Magie nicht mehr hilft – weltberühmter Zauberer trennt sich von untreuer Ehefrau' als Text darunter.

Seine Ehefrau steht vor uns, erkannte Trixie, und die Härchen auf ihren Armen begannen unangenehm zu kribbeln. Was will die hier? Wird sie versuchen, mir Ben streitig zu machen? Ihren Ehemann wieder für sich zu

149

gewinnen und ihre Tochter Fabrizia wieder auf ihre Seite zu ziehen? Eine Vorahnung sagte Trixie, das Erscheinen dieser Frau wäre mit Ärger verbunden.

Misstrauisch wartete Trixie ab, wie sich Ben der anderen gegenüber verhalten würde.

„Paolo", die Schöne schniefte vernehmlich und für Trixies Empfinden eine Spur zu dramatisch, „mein Paolo hat mich aus seinem Leben gedrängt, liebster Ben. Nach allem, was ich für ihn getan habe! Nun lässt meine Sehnsucht nach dir und meiner geliebten Tochter mir keine Ruhe mehr, und so kehre ich zurück in meine Heimat. Komme reumütig wieder bei dir angekrochen und würde gern all meine Fehler wieder gutmachen, wenn du es zulässt." Sie klimperte ihm mit ihren stark mit Kajal umrandeten schwarzen Augen zu und ließ ungehindert ihre Tränen über die braun gebrannten Wangen rinnen.

Die wäre in einem schmalzigen Film gut aufgehoben, dachte Trixie angesichts der Show, die Angelina abzog. Kann sogar auf Knopfdruck weinen, diese geborene Schmierenkomödiantin. Hat sich ja ganz schön aufgeputzt, wird aber kaum noch in der Lage sein, bei dieser künstlich gestrafften Gesichtshaut zu lächeln. Dazu diese unechte Oberweite – fast so, als ob sie sich aufgepumpte Fußbälle in ihren BH gestopft hätte! Lässt Ben sich von so etwas beeindrucken? Und völlig übertrieben geschminkt ist sie; bei Hitze muss ihr Gesicht doch aussehen wie eine Leinwand, auf der die Farben ineinander verlaufen wie bei einem abstrakten Kunstwerk, haha.

Doch diese Angelina ist Bens Ehefrau, sagte Trixie sich. Noch. Und die Mutter seines Kindes. Liebe Fab, wirst du bald lieber gemeinsam mit deiner Mutter durch diesen Garten toben und mich nicht mehr beachten?

Und Ben, habe ich noch eine Chance bei dir, oder wirst du auf ihr Getue hereinfallen?, fragte Trixie sich beklommen und sah sich wieder allein in ihrer Single-Wohnung trübsinnig die Wände anstarren. Nein, ich werde ihr diesen Mann, diesen wunderbaren Zauberer, nicht überlassen, sagte Trixie sich und ballte unbewusst ihre Fäuste. So leicht gebe ich mich nicht geschlagen! Und auch um das Kind werde ich kämpfen, so wahr ich Beatrix Haase bin! Du musst es schon mit mir aufnehmen, Angelina Oster, dachte sie und warf Bens Ehefrau einen Blick zu, der einer zart besaiteten Person sicherlich zu schaffen gemacht hätte.

Nicht so Angelina, die Trixie höhnisch ansah, als sie deren intensiven Blick auffing. Die mit einem solch eisigen Ausdruck in ihren Augen zurückstarrte, dass es Trixie unwillkürlich fröstelte.

Na gut, erkannte sie, so schnell stehen wir Frauen einander als erbitterte Feinde gegenüber – die Schlacht hat begonnen! Die Frage ist nur, wer von uns beiden die besseren Nerven hat und auf welche Seite sich Ben schlägt.

***

Das meint die verlogene Schlange doch nicht ernst, war Trixie sich sicher, als Angelina am folgenden Tag wieder im Garten auftauchte – übernachtet hatte sie angeblich in einer kleinen Pension in der Nähe – und sich bei Trixie erkundigte, ob sie Zeit und Lust habe, mit ihr gemeinsam einen Einkaufsbummel in der Innenstadt zu machen.

„Dann können wir uns bei einem Eis ein wenig besser kennenlernen, liebe Trixie, immerhin sind wir ja praktisch durch unsere Beziehungen zum selben Mann miteinander verbunden, haha. Ich könnte dir bestimmt manchen Tipp geben, welche Speisen Ben schätzt, welche Pralinen er liebt, wie die T-Shirts aussehen müssen, die er bevorzugt, und so weiter. Von Frau zu Frau sozusagen. Ich kenne meinen Schatz seit Jahren und kann dich gern beraten, so dass du in seiner Gunst steigst! Immerhin ist Ben ein begehrter Junggeselle, seit der Welt bekannt ist, dass ich meiner eigenen Wege gegangen bin. Und da mag es einer Frau wie dir schwer fallen, ihn zu erobern."

Den hab ich längst erobert, spar dir deine Mühe, lag es Trixie auf der Zunge. Mit dir zusammen im Eiscafé meine Zeit verbringen – nee, da würde ich lieber den Garten umgraben und mit Regenwürmern klönen, haha. Feindselig musterte sie ihr Gegenüber, das sich soeben die langen Fingernägel frisch mit knallroter Farbe lackierte.

„Ich hab was Wichtigeres vor, Angelina, ich muss Fab helfen, ihre Englischkenntnisse zu verbessern. Vokabeln abfragen, Lückentests schreiben, du weißt doch, wie ehrgeizig die Kleine ist. Im Französischunterricht hat sie sich bereits verbessert, seit ich ihr unter die Arme greife. Ist ein intelligentes Mädchen, eure Tochter. Und genauso kreativ wie Ben", konnte Trixie sich nicht verkneifen.

Außerdem so schön wie ihre Mutter, dachte sie, aber das behalte ich besser für mich, sonst hebt die eitle Ziege Angelina vollkommen ab.

„Komm schon, Trixie", erwiderte Angelina, „du musst doch nicht den Nachhilfelehrer spielen. Das kann ich, Fabrizias Mama, sicherlich besser, immerhin spreche ich fließend Italienisch. Und auch mit mathematischen Formeln kenne ich mich aus sowie mit Erdkunde, Physik und Kunst. Ich kann meine Tochter in fast allen Schulfächern unterstützen, auf deine Hilfe können wir verzichten. MÖCHTEN wir verzichten", setzte mit einem scharfen Tonfall in der Stimme hinzu, der Trixie offenbar klarmachen sollte, wie überflüssig sie hier war.

Allmählich lässt diese Frau ihre zuckersüße Maske fallen, erkannte Trixie, und geht zum Angriff über. Beginnt nun der Kampf um Fab? Auf welche Seite mag das Kind sich schlagen? Dumm ist Fab schließlich nicht, und sie hat ein gutes Gespür für Falschheit. Dem Mädchen kann man so leicht nichts vormachen.

„Übrigens, ich bin nur neugierig, liebe Angelina: Hat dein Paolo dich einfach abserviert? Hat er sich eine Jüngere angelacht?", erkundigte Trixie sich und bemerkte, wie Angelina zusammenzuckte. „Muss eine bittere Erfahrung für dich gewesen sein, nicht wahr?"

„Geht dich nichts an", entgegnete Angelina kurz angebunden. „Er war einfach nichts für mich, zu unterschiedliches Niveau, das passt auf Dauer nicht."

Zu primitiv, meinst du in Wirklichkeit. Kommst dir vor wie eine Prinzessin, dachte Trixie. Gegen deine aufregende Erscheinung müssen ja alle anderen verblassen, glaubst du aufgetakelte Schnepfe. Hoffentlich wird deine Tochter nicht irgendwann auch so, wünschte sie sich.

Dazu ist Fab zu bodenständig, beruhigte ihr inneres

Stimmchen sie. Diese Gefahr wird nicht bestehen, nicht einmal, wenn sie zu einem gefeierten Star auf der Bühne wird.

***

„Ach, in deinen starken Armen lebe ich wieder auf, Liebster", flötete Angelina und schmiegte ihre pralle Oberweite an Bens Brust.

Irritiert beobachtete Trixie, die in diesem Moment zufällig um die Hausecke gebogen war, wie die andere ihren Liebsten betatschte, wie sie sich an seiner Hose zu schaffen machte und ihn offenbar vernaschen wollte.

Peinlich berührt blieb Trixie hinter einem Sonnenschirm stehen und verfolgte, wie Ben reagierte.

Schroff fuhr er seine Ehefrau an: „Hör auf, mich anzubaggern, Angelina, wir haben uns nichts mehr zu sagen. Meine Gefühle haben sich längst einer anderen Frau zugewandt, du bist bei mir abgemeldet. Nimm deine Pfoten endlich weg!", schnauzte er sie an und wand sich aus ihrem Griff.

„Was findest du nur an dieser spröden, langweiligen Person?" wunderte sich Angelina und schmollte. „Die kannst du doch mit mir keinesfalls vergleichen, Liebster."

„Nochmal, Angelina: Ich bin nicht mehr dein Liebster, und dein Ehemann auch nicht mehr lange, die Scheidung ist ja bereits eingereicht. Ein Trennungsjahr hat längst stattgefunden, und das Sorgerecht für Fabrizia bekomme ich! Verlass dich drauf. Und nun geh mir aus den Augen. Sofort!" Ben stieß sie unsanft von sich.

„Mistkerl", meinte Trixie zu verstehen, als Angelina den Rückzug antrat, sich ihr glitzerndes Handtäschchen schnappte, hüftwackelnd über den Gartenweg davonstöckelte und endlich durch die Pforte verschwand.

W o bleibt mein Augenstern? Wo steckt das Mädchen nur?", fragte Ben den Gärtner vor dessen Hütte. „Ist sie hier nirgends umhergelaufen? Sie spielt doch gern im Garten, klettert wie ein Äffchen auf jeden erreichbaren Baum und kümmert sich um ihr eigenes kleines Beet, in dem sie Blumenkohl ziehen und Petersilie züchten will, haha. Mein Töchterlein scheint sich ebenso gern mit dem Grünzeug zu beschäftigen wie ich mit meinen Zaubertricks. Eines Tages wird sie es noch lernen, Pflanzen mit magischen Tricks zum Wachsen zu bringen, dann verwandelt die Bühne sich in einen Urwald, haha." Sichtlich begeistert von der aufgeweckten Art seiner Tochter lobte er die Kleine gern in den Himmel, selbst wenn sie absichtlich Unfug trieb. Nur wenn sie seine Zauberutensilien versteckte, wurde Ben sauer und tadelte sie mit sanfter Stimme – ernsthaft angefahren oder sogar geschlagen hatte er Fabrizia nie.

Aber heute war ihm nicht zum Schimpfen zumute, im Gegenteil, seine Besorgnis wuchs von Minute zu Minute. Steigerte sich beinahe zu einem hysterischen Anfall und ließ ihn nicht zur Ruhe kommen. Die Zeit bis zur nächsten Aufführung auf der Bühne in einer großen Stadt drängte, die Vorbereitungen liefen auf Hochtouren – und nun das. Fab war seit dem Mittagessen verschwunden. Hatte sich in den Garten begeben, als er zusammen mit Trixie die Küche aufräumte, wollte ‚mit der niedlichen Schnecke spielen', die sie vor der Mittagspause in einem leeren Marmeladenglas eingesperrt hatte.

„Ich muss Schnecki doch füttern, die hat bestimmt ebensolchen Hunger wie ich", hatte das Kind gemeint und bei den Erwachsenen einen Lachanfall hervorgerufen. Und schon war Fab hinausgerannt, um das Glas mit ihrem lebendigen, schleimigen Schatz darin aus dem Schatten unter der größten Tanne auf dem Gelände an sich zu nehmen.

„Und, gefunden?", vernahm Ben Trixies Stimme hinter sich und wusste, sie machte sich ebenso große Sorgen um seine Tochter.

Wortlos schüttelte er seinen Kopf und sah sie hilflos an. Ratlos und ängstlich, so gar nicht wie der selbstbewusste Magier, als den sie ihn sonst kannte.

„Verflixt, ich hab inzwischen sämtliche Verstecke abgesucht, die mir einfielen", meinte Trixie und ließ erschöpft beide Arme neben ihrem Körper hinunter hängen. „Das sieht ihr doch gar nicht ähnlich, sich stundenlang zu verbergen. Seit der Mittagszeit sind doch schon …" Sie sah auf ihre Armbanduhr. „Schon sieben Stunden vergangen, Ben!" Panik hatte sich in ihre Stimme geschlichen. „Bald wird es dämmerig, und wenn die Kleine sich später im Dunkeln irgendwo verirren sollte … Mein Gott, wir müssen endlich eine Vermisstenmeldung bei der Polizei machen", schlug sie vor. „Wir haben lange genug gewartet, dass Fab wieder auftaucht. Womöglich liegt sie irgendwo verletzt, kann sich nicht rühren oder bemerkbar machen! Was für ein Albtraum für das Kind", äußerte Trixie ihre schlimmsten Befürchtungen.

Und ließ selbst den sonst so ruhigen Klaus, der neben ihnen stand und zuhörte, nervös werden. „Ich werde zu dem Hünengrab laufen, dort hält sie sich gern auf und aalt sich auf den Felsen im Sonnenschein", schlug er vor.

„Gern, Klaus, auf diese Idee bin ich leider noch nicht gekommen. Ich weiß doch, wie vorsichtig Fab außerhalb des Grundstücks ist, da lauern ihrer Ansicht nach überall fiese Monster und merkwürdige Fabelwesen, die sie in Krötenschleim baden wollen. Eben Unsinn aus den Märchen, die sie sich oft reinzieht, insofern ist sie noch ein richtiges Kind", meinte Trixie.

„Wenn da mal nicht ein menschliches Wesen seine Hände im Spiel hat", raunte Ben. „Eine Gestalt mit roten Krallen. Ich glaube, du weißt, wen ich meine", wandte er sich an Trixie. „Die kann's nicht ertragen, von mir abserviert zu werden und entführt Fab", machte er seine Gedankengänge deutlich. „Ob Angelina Lösegeld fordern wird, was meint ihr?", wandte er sich zugleich an Trixie und Klaus.

Der Gärtner zuckte mit seinen Achseln und murmelte nur: „Braucht die Geld? Dann ja."

„Sie braucht Geld, vermutlich VIEL Geld", bestätigte Trixie gleich darauf. „Wie soll sie denn sonst ihren Lebenswandel finanzieren?"

„Stimmt, ihr alberner Nagellack ist bestimmt nicht billig", ergänzte Ben. „Wie das Zeug stinkt. Und gefällt es mir, wenn sie mir mit solch bunten Krallen die Augen auskratzt? Nein." Er schüttelte sich.

„Also, Leute, jeder hat sein Telefon griffbereit bei sich", schlug Trixie vor. „Angelina hat deine Nummer, Ben, und du als ihr Ehemann bist bestimmt ihr Ansprechpartner Nummer Eins. Ich hab ihr meine Nummer zwar nicht mitgeteilt, doch über meinen Firmeneintrag kann sie versuchen, mich zu erreichen."

***

„Wenn das mal nicht der Besitzer des Anwesens ist, wo wir nach diesem Erwin gefahndet haben." Der Polizist, diesmal noch mürrischer als sonst, erkannte Ben sofort wieder. „Ist der Mann aufgetaucht?"

Leider nicht, doch nun müsse er selbst jemanden als vermisst melden, erklärte Ben und beschrieb seine Tochter. Gab von Fabrizia ein aktuelles Foto heraus und ein älteres von Angelina, berichtete von den ehelichen Problemen und seinem Verdacht, seine Ehefrau habe die gemeinsame Tochter entführt.

„Das Vertrauensverhältnis zwischen den beiden ist gestört, wie Sie sich vorstellen können, da meine Frau mich mit meiner Tochter vor Jahren alleingelassen hat. Nun kommt sie plötzlich wieder an, nachdem ihr Lover sie offenbar rausgeschmissen hat. Kann es nicht hinnehmen, dass ich mich von ihr scheiden lassen will und Fabrizia endgültig bei mir ein Zuhause geben möchte", versuchte Ben dem Polizisten die Situation zu verdeutlichen.

***

Nichts tat sich. Unleidlich wurde Ben und geradezu unausstehlich wurde Trixie. Beide versuchten, ihren jeweiligen Alltag noch zu bewältigen, doch Fab fehlte ihnen.

Selbst Klaus saß in seiner Freizeit wie ein Häufchen Elend vor seiner Hütte oder hockte bei Regenwetter auf seinem Sofa, wo er sich in einem Roman vergrub, um auf andere Gedanken zu kommen.

Kam Trixie ihn besuchen, dann klönten sie miteinander, und er schaffte es sogar, sie mit lockeren Sprüchen zum Lachen zu bringen. Doch immer wanderten ihre Gedanken zu dem verschwundenen Mädchen, für das Trixie sich mittlerweile ebenso verantwortlich fühlte wie Ben.

„Die Kleine wird hoffentlich von ihrer Mutter", Klaus hatte über Angelina nicht viel Gutes gehört und sie niemals gesehen, „sie wird doch bestimmt fürsorglich von der behandelt", meinte er. „Ist doch schließlich Fabs Mama, die muss doch mütterliche Gefühle für dieses arme Würmchen aufbringen, meinst du nicht?" Gespannt blickte er Trixie in die Augen.

„Du hast sie nicht erlebt", nahm sie ihm die Hoffnung. „Wirkt auf mich eiskalt und berechnend. Gefühllos wie ein Betonklotz, der alles zermalmt. Dabei honigsüß, man kommt ihr nicht gleich auf die Schliche. Sie setzt gnadenlos ihre Wirkung auf Männer ein, du weißt schon, die Optik macht's halt."

„Tja, diese Männer", entgegnete Klaus breit grinsend, „die fallen auf Sex-Bömbchen leicht herein."

Beide schwiegen eine Weile und genossen die wärmenden Sonnenstrahlen.

Da kam Ben um die Hausecke gestoben und verkündete: „Leute, ich hab eine wunderbare Neuigkeit!"

Trixie und Klaus schreckten hoch und starrten ihn erwartungsvoll an. Endlich eine Nachricht von Fabrizia? Nein, Ben musste sie leider enttäuschen.

„Ich habe Angelina gesehen", erzählte er leise und blickte sich unwillkürlich zu den Büschen um, als ob sie dahinter in Deckung stünde.

„Also", fuhr er fort und wurde etwas lauter, „sie wohnt offenbar immer noch in der kleinen Pension im Nachbarort, in der sie gleich zu Anfang ein Zimmer genommen hat. Sie hat nicht bemerkt, dass ich sie heimlich bis zu einem Taxistand verfolgt und dort gewartet habe, bis sie weggefahren ist. Jedenfalls", er holte tief Atem, „habe ich mich unter falschem Namen, verkleidet mit einer albern bedruckten Baseballkappe und einer riesigen Sonnenbrille, in der Pension nach deren Preisen erkundigt. Spottbillig, diese Absteige", erläuterte er und machte eine Pause. „Angelina muss wohl sparen."

„Weiter", drängte Klaus ungeduldig und zuppelte sichtlich nervös an der leeren Verpackung herum, in der sich eine Portion Eis am Stiel befunden hatte.

„Spann uns doch nicht auf die Folter, großer Magier", setzte Trixie hinzu. „Wissen ist alles, ohne Wissen ist alles nichts", änderte sie Bens Lieblingsslogan auf ihre Weise, ihn dabei schelmisch angrinsend.

„Hm, also", seufzte Ben, „ich hab mir Angelinas Zimmer von den Wirtsleuten zeigen lassen unter dem Vorwand, sie habe sich etwas Wichtiges von mir geliehen und vergessen, es mir zurückzugeben. Vielleicht würde ich es ja in ihren Sachen finden, meinte ich, und sie ließen mich hinein. Alles vorhanden, von Angelinas Lipgloss

161

über ihren dämlichen Nagellack bis hin zu ihrem BH – Überweite XXXXL oder so ähnlich trägt sie -, nur kein Hinweis auf Fabrizia. Nicht ein einziger Fussel von meinem Töchterchen. Als ob Angelina tatsächlich unschuldig am Verschwinden Fabs sei. Könnt ihr das glauben?", wollte Ben wissen. „Ich nicht", schloss er und wirkte so mutlos, dass Trixie ihn spontan in ihre Arme schloss und fest an sich drückte.

„Nicht aufgeben, Ben", spornte sie ihn an.

„Nicht verzagen", meinte auch Klaus und strich Ben leicht über den Kopf, so wie man ein Kind tröstet, dem soeben die Eistüte runtergefallen ist.

„Ihr habt beide gut reden", fuhr Ben auf, „es geht um meine Tochter, und die Sorgen um sie machen mich krank! Wie ich die Bühnenshow demnächst überstehen soll, ist mir ein Rätsel. Da musst du wohl für mich einspringen, Klaus."

„Wenn du dann die Gartenarbeit übernimmst, gerne. Aber wehe, ich finde anschließend nur noch krumm gewachsene Tulpen vor!", forderte Klaus lächelnd.

*D*ie schon wieder!", murrte Ben und versetzte dem Klappstuhl, von dem er gerade aufgestanden war, einen Tritt. „Wird die uns jemals zufrieden lassen? Ihren Erwin wird sie hier nicht finden, da mag sie auch jeden Erdkrümel dreimal umdrehen."

Gundula Freifrau von Ebersheim ließ sich von dieser selbst für die schon ein wenig schwerhörige alte Frau zu verstehende rüde Ansprache nicht beirren und wandte mit Hilfe ihres Handstocks weiterhin Steine, größere Blätter und ein kleines, vom Bau der Hütte unter einem Busch vergessenes Stück Holz um. Als sie dann zu der vom Gärtner an die Hüttenwand gelehnte Schaufel ergriff, platzte Ben endgültig der Kragen.

„Raus hier, unverzüglich", herrschte er die vornehme Dame an und holte mit seiner Hand aus, als wolle er sie schlagen. „Es langt mir jetzt mit Ihren albernen Suchaktionen. Wenn selbst die Polizei nichts finden kann, was wollen Sie dann noch hier? Meiner Familie und mir endlos auf die Nerven gehen? Sehe ich Sie hier noch einmal, vergesse ich mich, und dann …" Er schluckte die hässliche Drohung hinunter, die er hatte ausstoßen wollen, und verstummte.

Trixie, die diese unschöne Szene verfolgt hatte, atmete erleichtert auf bei dem Gedanken, was Ben fast geäußert hätte. Sie kannte den Mann inzwischen gut genug, um seine Sätze meist vervollständigen zu können. ‚Dann

163

können Sie demnächst die Radieschen von unten betrachten', hätte er der lästigen Adelstante vermutlich an den Kopf geworfen … und sie damit womöglich hellhörig gemacht. Zumindest hätte sie einen Grund gehabt, der Polizei brühwarm von Bens Ausrutscher zu erzählen. Hätte diese die durch ihren Kummer offenbar verwirrte Frau ernst genommen?, fragte Trixie sich. Wie lange müssen wir uns noch ihre hartnäckigen Untersuchungen bieten lassen?

Sie strich dem vor Aufregung hochrot im Gesicht angelaufenen Ben besänftigend über den Arm. „Lass uns ins Haus gehen, Liebster, diese Aufregung macht dich nur fertig. Denk an deinen Auftritt, dafür brauchst du deine Energie!", versuchte sie, Ben zu beschwichtigen.

Ben wollte sich nicht beruhigen und starrte die lästige Besucherin so eindringlich an, dass sie ihren Kopf senkte.

Gibt die endlich klein bei?, überlegte Trixie.

Nein. „Ich werde dieses Grundstück aufsuchen, so lange ich lebe", verkündete die Freifrau mit ihrer krächzenden Greisenstimme und wischte sich den Schweiß von der Stirn. Das Prokeln mit ihrem Handstock hatte sie ins Schwitzen gebracht, wie Trixie mit Genugtuung feststellte. Die wird hier noch so ausgiebig herumstochern, bis sie uns tot umkippt, befürchtete Trixie. Dann haben wir ‚ne neue Leiche; wo lassen wir die?

Na, doch hoffentlich ordnungsgemäß bei einem Beerdigungsunternehmer, schlug ihr inneres Stimmchen empört vor.

Nee, die Alte entsorgen wir bei ihrem Fritz-Erwin, hielt Trixie in Gedanken dagegen. Gibt nur das Problem, wo dann Klaus bleibt. Sollten wir ihn in unser Geheimnis einweihen? Auf ihn möchten weder Ben noch ich verzichten, der gutmütige Kerl ist uns ans Herz gewachsen. Fab würde ihn auch vermissen, ging es Trixie durch den Kopf.

Fab ... Verflixt, wo bist du nur geblieben?

***

„Mit Männern hat man immer wieder Ärger, lassen Sie sich das gesagt sein. Mein Erwin war glücklicherweise eine Ausnahme", meinte die Freifrau von Ebersheim und rückte den Strohhut zurecht, den Trixie ihr geliehen hatte, denn ihr eigener war ihr beim Sturz in ein Blumenbeet aus der Hand gefallen und hatte einen unübersehbaren Schmutzfleck abbekommen. SO könne sie ihre Kopfbedeckung nicht aufsetzen, was sollten da die Leute von ihr denken?, hatte die vornehme alte Dame gemeint und sich den geliehenen Hut auf den Kopf gestülpt.

Tot ist sie zwar nicht, nachdem sie umgekippt ist, dachte Trixie, aber ihr ist recht schwindlig, und da musste ich ihr diesen Sitzplatz anbieten. Gehört sich so. Leider.

Sogar ein Glas Wasser hatte Trixie ihr gebracht, und nun saßen sie beide nebeneinander und unterhielten sich.

„Mit der will ich nix zu tun haben", hatte Ben gemeint und die Frauen allein gelassen. Er hatte sich wütend in sein Haus verzogen und bastelte an seinem Zauber-Equipment herum.

Das lenkt ihn ab, wusste Trixie und ging zunächst nur recht wortkarg auf die Erzählungen der alten Frau neben sich ein, die von früher berichtete. Ausgiebig ließ sie Trixie an ihren einstigen Erlebnissen teilhaben, in denen Erwin natürlich die Hauptrolle spielte.

„Er hatte solch einen netten Schnauzbart, nachdem ich ihm seinen grässlichen, kratzenden Vollbart ausgeredet hatte, wissen Sie", erklärte die Freifrau und nahm einen Schluck Wasser zu sich. „Wie ein Seehund siehst du damit aus, wie ein eleganter Seehund, habe ich ihn manchmal aufgezogen. Erwin war nicht nur gebildet, sondern er hatte auch einen ausgezeichneten Geschmack, kannte alle großen Museen und liebte berühmte Gemälde. Und er besaß Sinn für Humor. Ach, mein Erwin war ein ungewöhnlicher Mann, wie es ihn wohl nur einmal auf der ganzen Welt gibt", schwärmte die alte Frau. „Wo mag er nur geblieben sein?"

***

„Sie haben diese Adresse Erwins Notizbuch entnommen, wie sie sagten. Ist es nicht ein wenig übergriffig, in den Notizen eines anderen Menschen zu lesen?", erkundigte sich Trixie mit sanfter Stimme. „Immerhin kann es ja sein, dass es demjenigen nicht gefällt, wenn jemand womöglich delikate Aufzeichnungen von ihm liest." Wie würde die vornehme Freifrau auf diesen Tadel reagieren?

Gundula Freifrau von Ebersheim brach zu Trixies Verwunderung in Gelächter aus und strich leicht über Trixies Handrücken. „Ach, Kindchen, wie niedlich Sie das formuliert haben. Aber zwischen zwei Menschen, die sich so nahe stehen wie mein Erwin und ich, da gibt es keine Geheimnisse. Mein Liebster war wie ein offenes Buch für mich, stets leicht zu lesen. Ich vermochte jede seiner Stimmungen schon daran erkennen, wie er sich seine Krawatte gebunden hatte. Ein fester Knoten bedeutete ‚Achtung, ich habe schlechte Laune'. Ein locker sitzender ‚Gundula, lass uns den Tag genießen' und ein schlampig getragener ‚Meine Sorgen lassen mir nicht die Ruhe, mich jetzt mit solchen Lappalien zu beschäftigen', haha." Belustigt sah die alte Dame Trixie an. „Er durfte übrigens auch in meinem Tagebuch blättern, darin stand nur Gutes über ihn. Das schmeichelt Männern, wissen Sie."

„Aha", machte Trixie nur. „Sie meinen, es ist in Ordnung, in fremden Tagebüchern zu stöbern, auch auf die Gefahr hin, darin über Geheimnisse zu stolpern, die einem nicht gefallen? Hatten Sie nie Angst, ihr Erwin könnte dort auch den Namen einer anderen Frau erwähnen? Einer Frau wie Ilse?"

„Genau das ist ja leider geschehen, Frau Haase", gab die Freifrau bedrückt zu. „Er hat mein Vertrauen missbraucht. Seine Aufzeichnungen habe mich schließlich hierher geführt." Ein paar Tränen stahlen sich aus ihren Augen. Sie zog ein mit Spitze besticktes Taschentuch aus ihrer Handtasche und tupfte sich die Wangen damit ab. Dann erhob sie sich mühsam, reichte Trixie ihre Hand und verabschiedete sich mit dem Rat: „Vergessen Sie nicht, gerade Tagebücher enthüllen wichtige Dinge."

Zurück blieb eine nachdenkliche Trixie, die an die auf dem Dachboden gefundenen rätselhaften Schriftstücke dachte. Sollte sie sich nicht mal eingehend damit beschäftigen? Wer wusste schon, wie die sich auf ihr eigenes Leben auswirken konnten? Sie straffte ihre Schultern, trank noch einen Schluck Limonade und nahm sich vor, sich bald auf den Dachboden zu begeben.

Die Gestalt kam immer näher, wurde immer deutlicher, um die nackten Knochen herum wuchs Fleisch, die leeren Augenhöhlen des Totenschädels füllten sich mit einer gelartigen Masse, die schließlich zu zwei festen Augäpfeln mit grüner Iris wurden. Die Augen bewegten sich in ihren Höhlen, blickten zunächst in die Luft neben ihr, ruhten dann auf ihr und fixierten sie schließlich eindringlich.

Das unheimliche Wesen fuhr sich mit seiner Hand durch die roten Haare auf seinem Schädel. Es öffnete seinen Mund und sagte mit einer Stimme, die wie durch Watte hindurch klang: „Beatrix, ich bin dein leiblicher Vater, den du unter dem Namen Fritz in denkbar schlechtem Zustand kennengelernt hast. Mich unter der Gartenhütte einzubetonieren fand ich nicht nett, aber eure bescheuerte Idee hält euch die Polizei vom Hals. Und so hast du wenigstens keinen Ärger mit den Ordnungshütern, Kind, denn die können recht unangenehm werden. Mit deiner Mutter verband mich einst …" Weiter kam er nicht, denn Trixie stieß einen schrillen Schrei aus. Das Bild verblasste, als sie in Bens Armen aufwachte.

„Du hast geträumt", beruhigte er Trixie, die am ganzen Leib zitterte und schweißgebadet war. „Alles ist gut, pscht, Liebes."

„Fritz hat mit mir gesprochen!", stieß sie aus. „Er … er hat behauptet, er sei mein Vater!"

Ben starrte sie ebenso verwirrt an, wie sie sich fühlte. Dann schüttelte er langsam den Kopf und formulierte mit sanfter Stimme wohlüberlegte Worte: „Es war EIN TRAUM, Trixie. Gedanken aus deinem Unterbewusstsein, die dir den Schlaf stehlen, dich irritieren, dich nervös machen. Aber nur ein Traum", wiederholte er eindringlich und drückte sie zärtlich an sich. „Magst du wieder einschlafen, Trix? Ich bin bei dir, ich beschütze dich vor dem grässlichen Gespenst."

„Und wenn es tatsächlich wahr ist?", raunte Trixie. „Wenn mein Papa in Wirklichkeit nicht mein Erzeuger ist? Dieser … dieser Fritz, oder Erwin, oder wie immer er sich genannt hat, der scheint ein Schürzenjäger gewesen zu sein. Sehr ähnlich sehe ich meinem Paps eben nicht, ich habe weder seine überdimensionalen Ohren – wie gut", setzte sie hinzu und schaffte es wieder, ein wenig zu lächeln. „Auch habe ich nicht seine dunkelbraunen Augen oder seine schwarzen Haare geerbt. Meine Augen sind grün, und meine natürliche Haarfarbe ist rotblond. Die Haare meine Mutter sind blond, vielleicht auch mit einem leichten rötlichen Schimmer darin", überlegte sie. „Hatte Fritz rotes Haar, Ben? Ich meine, so intensiv feuerlöscherrot?"

„Nun hör aber mal auf", meinte er genervt. „Bestell deinem Gespenst, wir möchten schlafen." Er ließ Trixie los und wandte sich auf die andere Seite. Gleich darauf vernahm sie sein Schnarchen.

Blödmann, nimmst mich nicht ernst, dachte sie verärgert, traute sich aber nicht, ebenfalls ihre Augen zu schließen und sich wieder ins Traumland zu begeben. Zu groß war ihre Angst vor einer erneuten Begegnung dort mit dem Mann, der sich Fritz genannt hatte.

Leise erhob sie sich, warf sich ihren Morgenmantel über und tappte in die Küche zur Kaffeemaschine.

Einige Stunde darauf hatte sich der merkwürdige Traum verflüchtigt, und Trixie konzentrierte sich ganz darauf, das gebrauchte Geschirr abzuspülen, das sich im Spülbecken angesammelt hatte, um es anschließend mit einem Handtuch abzutrocknen und danach in den Küchenschrank zu stellen.

Ihr munteres Pfeifen dabei wurde plötzlich unterstützt von Bens lauter Musik, die aus der Diele dröhnte. Er schien den Lautstärkeregler immer mehr aufzudrehen, jedenfalls hielt Trixie sich schließlich beide Ohren zu.

„Mit dem Krach vertreibe ich hoffentlich jeden Hausgeist", meinte Ben und betrat breit grinsend die Küche. „Schatz, die Vorbereitungen für die Zaubershow demnächst sind abgeschlossen", verkündete er sichtlich gutgelaunt. „Zur Feier des Tages entführe ich dich heute ins hauseigene Schlemmer-Paradies", meinte er. „Lass dich überraschen, Liebes. Gib mir ein Stündchen, dann tische ich etwas richtig Leckeres auf."

***

Ein Stündchen hat er gemeint, hatte Trixie sich gedacht und beschlossen, diese Zeit mit Nachforschungen auf dem Dachboden zu verbringen.

Also die Hühnerleiter hinauf, den Deckel der Truhe öffnen, die Briefe wieder hervorholen. Sich auf den roten

Klappstuhl neben der Truhe setzen und dann die vollgeschriebenen Seiten aus den Umschlägen ziehen. Und dann … durchlesen, sie alle durchlesen.

Einige der Briefe enthielten Schilderungen, die Trixie nur mäßig interessierten. Da war von einem gut aussehenden Jüngling die Rede, um den sich Ilse und ihre Schwester Anna wohl beide gestritten hatten und der schließlich bei Ilse das Rennen gemacht hatte. Somit war der Kontakt zwischen den Schwestern beendet gewesen. Nach dem qualvollen Tod dieses Mannes aufgrund einer Krebserkrankung hatte Ilse dann die Ehe mit ihrem Walter geschlossen, den sie später mit ihrem Gärtner betrogen hatte.

Dem Gärtner namens Fritz, dessen Gebeine ich mit zu Grabe getragen hatte, dachte Trixie. So kann's gehen, das Leben verläuft eben manchmal merkwürdig. Sie legte den bereits gelesenen Stapel zur Seite und widmete sich einem weiteren Brief.

***

Liebe Ilse,

ich muss Dir diesmal etwas Lustiges mitteilen. Heiter für den Leser, jedoch bedrückend für den Betreffenden. Stell Dir vor, vorgestern bin ich auf dem Markt der Köchin begegnet, die in Annas Villa arbeitet. Sie war gerade damit beschäftigt, Zutaten für Annas Haushalt zu kaufen, da drehte sie sich um und bemerkte mich, die ich neben ihr vor dem Gemüse stand und darauf wartete, dranzukommen. Eine nahrhafte Suppe sollte es geben, hatte ich beschlossen, und mir fehlten noch einige Tomaten.

Ja, so eine Hausangestellte würde ich mir auch gern leisten, aber Du weißt, wie es zur Zeit finanziell bei uns aussieht. Mein Bernhard ist auf Arbeitssuche, aber seine körperlichen Gebrechen machen es schwer für ihn, etwas Passendes zu finden. In seinem bisherigen Beruf kann er nicht mehr arbeiten. Er überlegt bereits, ob er in der Firma unseres Nachbarn als Bürokraft einsteigt – es sei besser, einen Hungerlohn als staatliche ‚Stütze‘ zu bekommen, meint er, völlig zu Recht. Er ist pfiffig genug, um sich einzuarbeiten, obwohl Papierkram ihm ein Graus ist.

Nun ja, jedenfalls bin ich auf Annas Köchin getroffen, und nachdem wir beide unsere Einkäufe verstaut hatten, haben wir uns auf eine Bank in der Nähe gesetzt und ein wenig miteinander geplaudert. Und was sie mir dann erzählt hat, unglaublich! Stell Dir vor, Annas Tochter Irene hat sich von einer Urlaubsbekanntschaft namens Fritz offenbar ein Kind machen lassen! Soll ein charmanter Mann gewesen sein, wie Annas Köchin erfahren hat, als die untreue Irene dies nach ihrer Rückkehr aus der Sommerfrische jemandem am Telefon erzählt hat. Die Köchin konnte ihre Unterhaltung von der Küche aus gut verfolgen, denn Irene stand, den Telefonhörer am Ohr, hinter der angelehnten Küchentür. Neugieriges Schandmaul, das sie ist, hat die Köchin natürlich gehorcht.

Irenes Ehemann Paul, dieser kreuzbrave Buchhalter, ist ja nicht mitgefahren in den Kurort, in dem sich Irene zusammen mit einer Freundin zur Erholung aufgehalten hat. Irenes Wunsch nach weiterem gemeinsamem Nachwuchs kann Paul wohl nicht mehr erfüllen, er hat irgendwelche körperlichen Probleme.

Nun ist Irene in anderen Umständen, und Paul muss es akzeptieren, dass bald ein neuer Erdenbürger in seinem Haushalt lebt, für den er mit aufkommen muss! Ist Irenes Verhalten nicht eine Schande? Was meinst Du dazu, liebe Ilse? Die arme Anna. Ich weiß ja, wie Du über Deine Schwester denkst, doch so etwas hat sie nicht verdient, finde ich.

Sei umarmt, Deine Ottilie

Uff, dachte Trixie und ließ langsam die beiden vollgeschriebenen Seiten sinken. Seiten, die ihr eigenes Dasein durcheinander wirbelten, ging ihr auf. Denn das Kind, das in dem Brief erwähnt wurde, Irenes uneheliches Kind, das war kein anderes als sie selbst! Kurz verglich sie noch das Datum, an dem Ottilie dieses Schreiben einst verfasst hatte. Wenige Monate darauf war sie, Beatrix Haase, geboren worden.

Paps, dachte sie bedrückt. Dich habe ich für meinen Papa gehalten, dabei bist du gar nicht mein leiblicher Vater. Du musst doch davon gewusst haben, nachdem deine Frau aus dem Urlaub zurückgekehrt war und sich kurz darauf herausgestellt hatte, dass sie ein ganz besonderes Souvenir mitgebracht hatte!

Und Theo, dann bist du mein Halbbruder, ging ihr auf. Dein Vater ist Paul. Meiner war Fritz. Verfl ...

Fritz, immer wieder Fritz. Dieser elende Kerl ist mein Vater gewesen! Trixie spürte, wie sich ihr beinahe der

174

Magen umdrehte bei dem Gedanken an die sterblichen Überreste des Mannes. Der hatte sich nicht einmal die Mühe gemacht, Irene einen erfundenen Namen zu nennen. Naja, erkannte Trixie, da meine Mutter für den Mistkerl nur ein One-Night-Stand sein sollte, hatte er das wohl nicht für nötig gehalten. Hatte sie sie ja nicht heiraten und beerben wollen, haha. Wie wohl sein wahrer Name gewesen ist?, überlegte Trixie. Nun habe ich einen leiblichen Vater entdeckt, der als Knochengerüst unter der Holzhütte in Bens Garten liegt, und von dem ich nicht einmal den wahren Namen kenne!

***

Die Puppe Tusnelda schien verschwörerisch über den Rand des Pappkartons zu linsen, in dem Trixie sie einige Wochen zuvor untergebracht hatte. Schien in das staubige Licht des Dachboden zu spähen und Trixie zuzuraunen: „Tja, Mädchen, da hast du den Salat. Bist mit einem Heiratsschwindler verwandt, der sich nicht nur an unzählige bedauernswerte Frauen herangemacht, sondern womöglich auch einige davon auf dem Gewissen gehabt hat. Muss ja ein schmucker Kerl gewesen sein, dieser Fritz … oder Erwin … oder wie auch immer er sich jeweils genannt hat. Offenbar ein Mann, der viele Frauen erobern konnte. Seinen echten Namen wirst du wohl nie erfahren. Sei froh, dass deine Mutter den gutmütigen Paul geheiratet hat. Er ist dein Papa, der dich nie im Stich lassen würde!"

Verwirrt blickte Trixie zu der Puppe hinüber. Hatte die gerade mit ihr gesprochen? Hatte das kleine Mündchen

Worte ausgestoßen, die Trixie verstehen konnte? Nee, Puppen können nicht sprechen, die bestehen ja nicht aus Fleisch und Blut. Erzähle ich Ben davon, dass ich mich mit Tusnelda unterhalte, dann ruft der bei der nächsten Klapse an, haha.

Doch, ich kann sehr wohl mit dir reden, vernahm Trixie da ein feines Stimmchen, das aus dem Karton zu kommen schien, in dem Tusnelda untergebracht war.

Haha, jetzt drehst du völlig am Rad, Trixilein, mischte sich ihr inneres Stimmchen ein. Aber Tusnelda und ich verstehen uns wunderbar, wir haben gemeinsam unseren Spaß miteinander.

„Schnauze!", brüllte Trixie unversehens und stieß hörbar ihren Atem aus. Drückte die arme Tusnelda unsanft ein wenig tiefer in den Karton hinein, legte einen Schal darüber und beschloss, dieses irre Erlebnis zu vergessen. Tusnelda war nichts weiter als eine alte Puppe und bestand aus Kunststoff. Die hatte ihr nichts zu sagen. Gar nichts.

Und ich?, meldete sich Trixies inneres Stimmchen. Hab ich dir auch nichts zu sagen? Ich bin schließlich nicht aus Plastik, sondern aus Gehirnsmasse. Dann gab sie Ruhe.

Hm, der Manschettenknopf am Ärmel der Puppe, überlegte Trixie nun. Mit dem eingravierten Buchstaben F darauf. Ein Geschenk von einer Frau für Fritz? Von Irene, meiner Mutter? Hat der Mistkerl einen davon bei ihr vergessen, und ich hab als Kind – als SEIN KIND – damit gespielt, bis mir Puppe abhandenkam? Der zweite Manschettenknopf, der dazugehörte, den hat Fritz dann in seiner Gärtner-Klause auf Ilses Grundstück achtlos irgendwohin gepfeffert, wo Ben ihn schließlich entdeckt hat. Offenbar ein Geschenk von Irene für ihren Liebsten, ist der Manschettenknopf für Fritz ebenso bedeutungslos geworden, wie es meine Mutter für ihn gewesen ist.

Trixie beschloss, beide Manschettenknöpfe miteinander zu vergleichen.

Oh, hätte ich mich doch niemals darauf eingelassen, ausgerechnet in der Villa eines Magiers für Ordnung sorgen zu wollen, ging es ihr durch den Kopf.

Wirklich nicht?, erkundigte sich ihr inneres Stimmchen. Hättest du darauf verzichten wollen, Ben kennenzulernen? Und außerdem deinem leiblichen Vater zu begegnen, wenn auch in einem etwas … naja, derangierten Zustand?

Nein, dachte Trixie. Zumindest auf Ben hätte ich nur ungern verzichtet.

Der Vergleich der beiden Manschettenknöpfe miteinander ergab, dass sie identisch waren und dass beide ein darauf eingraviertes F aufwiesen.

***

Wie genau bin ich eigentlich mit Ben verwandt?, fragte Trixie sich. Sind wir denn nicht Großcousine und Großcousin? Dürfen wir überhaupt miteinander verbandelt sein? Ist doch verboten, da wir Verwandte zweiten Grades sind. Ohje, ging ihr auf, wir dürfen höchstens eine platonische Beziehung zueinander aufbauen!

Diese Erkenntnis drohte ihr den Boden unter den Füßen wegzureißen, und sie schlich tagelang wortkarg umher.

So intensiv, wie Ben sich mit seiner neuesten Zaubershow beschäftigen musste, damit alles klappen würde, registrierte er Trixies bedrücktes Verhalten jedoch kaum. Und als es ihm bewusst wurde, schob er es auf die gesamte Situation, die Trixie offenbar zu schaffen machte.

Er nahm sich vor, sie gleich nach seiner Rückkehr von der Tournee durch mehrere Städte in Süddeutschland auf ihre Probleme anzusprechen und kochte besonders leckere Menüs, um sie aufzumuntern.

Doch Trixie ließ ihren Kopf hängen.

*D*ie schon wieder!", vernahm Trixie Bens genervte Stimme und wusste augenblicklich, Erwins Witwe suchte sie erneut heim. Ja, lässt die denn nie mehr locker?, fragte sie sich.

Schon sah sie Ben durch seinen Garten eilen, der aufgetakelten Gundula Freifrau von Ebersheim entgegen. Der Spaten, den er dabei in seiner Hand hielt, da er soeben versucht hatte, eine schief gewachsene Rose zu begradigen, ergab zusammen mit seiner grimmigen Miene das Bild eines zu allem entschlossenen Mannes.

Trixie lief den beiden ebenfalls entgegen, um notfalls dem sichtlich wütenden Ben in die Arme zu fallen. Falls er heute austickt; die alte Schachtel ist aber auch lästig, dachte sie. Glaubt die denn ernsthaft, hier noch etwas finden zu können, so intensiv wie die Polizei und sie selbst schon alles durchsucht haben? Ist die plemplem, schoss es ihr gehässig durch den Kopf, ein Fall für einen Psycho-Onkel? Den sollte ich der vielleicht mal nahelegen, haha.

Unerträglich, dachte Trixie und bedachte die Freifrau mit einem Blick, der jeden anderen Menschen nervös gemacht hätte. Nicht so die Freifrau, die, einen riesigen Sonnenhut schützend auf den Kopf gesetzt, mit aufrechter Haltung vor ihnen stand und sich umsah.

Ja, hat die denn immer noch nicht alles hier gesehen, dachte Trixie. Hat die nicht jeden Stein dreimal umgedreht und unter jedes Blatt geschaut?

Auch in Trixie begann der Ärger emporzusteigen. Stieg unaufhörlich an die Oberfläche und verursachte ihr einen peinlichen Schluckauf.

„Ich bring sie um", konnte sie Bens leise gesprochenen Worte vernehmen, und Trixie sah, wie er den Spaten fester umklammerte. Ihn wie eine Waffe packte, mit der er der Freifrau am liebsten den Schädel einschlagen würde, befürchtete sie.

Die alte Dame schien von dem Aufruhr, den sie verursachte, nichts mitzubekommen. So elegant, wie sie es vermochte, hob sie ihren unvermeidlichen Handstock in die Höhe und deutete damit auf Klaus' Unterkunft: „Dort werde ich mich heute ein weiteres Mal umsehen, beim letzten Mal bin ich ein wenig schluderig vorgegangen und könnte etwas Wichtiges übersehen haben. Wenn Sie mir jetzt den Weg freigeben würden, verehrter Herr … ähm, Herr Oster."

„Nichts geb ich Ihnen frei!", blaffte Ben sie an und drehte den Spaten in seinen Händen so, dass er ihn waagerecht vor seinem Körper hielt und der Freifrau dadurch endgültig den Weg versperrte. „Sie möchten offenbar auch dort landen, wo Ihr werter Erwin ruht, oder? Nur weiter so", drohte er. „Ich werde noch ein schönes Plätzchen für Sie finden!"

Du Dussel, wie kannst du nur?, schoss es Trixie durch den Kopf. Mit deiner unbedachten Äußerung weist du die Alte doch geradezu darauf hin, was sich auf diesem Grundstück befindet. Halt endlich deinen Mund, bitte!, wünschte sie sich, als sie sah, wie Ben zu einem erneuten Spruch ansetzte und den Spaten drohend ein wenig anhob.

Vergeblich; die wackere Gundula Freifrau von Ebersheim ging auf Ben zu, schubste ihn mit ihrem Ellbogen unwirsch zur Seite und stapfte los, der Gartenhütte entgegen. Das Schicksal nahm seinen Lauf, und Trixie konnte nur tatenlos zusehen.

***

Hätte Klaus nicht am Vormittag dieses Tages die große, schwere Axt gedankenlos neben den Baumstumpf am Wegesrand gelegt, um danach mit einer Säge den gefällten Stamm seiner vielen Äste zu entledigen; hätte er daran gedacht, die Axt noch vor seiner Mittagspause zurück in die zu seiner Hütte gehörende Werkzeugkammer zu bringen; hätte es nicht gerade eben einen Regenguss gegeben, der die Erde des Gartenweges in eine rutschige Schlammpiste verwandelt hatte; und vor allem, hätte die Freifrau nicht stur darauf bestanden, die kurze Strecke zum Gartenhäuschen unbedingt in ihren hochhackigen Damenschuhen zurückzulegen – nichts wäre geschehen. Nichts von all dem, was Ben und Trixie beobachten mussten, ohne noch rechtzeitig eingreifen zu können.

Aber es kam, wie es kommen musste: Die alte Frau begann, über den unebenen Weg zu gehen, platschte durch eine Regenpfütze und murrte noch gut hörbar: „Verflixt, warum ist hier nicht gepflastert worden?", da glitt sie aus, versuchte noch vergeblich, indem sie verzweifelt mit ihren Armen durch die Luft ruderte, sich zu fangen und stürzte. Fiel mit ihrem Kopf unglücklich auf die Axt am Wegesrand und rührte sich nicht mehr. Blut rann aus ihrem

Kopf, breitete sich rasch aus und vermischte sich mit der feuchten Erde.

Wie erstarrt verharrten Trixie und Ben vor der Verunglückten und vermochten sich erst wieder zu rühren, als das laute Krächzen eines Raben sie aufschrecken ließ.

„Verdammt", fluchte Ben und trat näher an die bewegungslose Freifrau heran. Bückte sich, fühlte den Puls der alten Dame, zog eines ihrer Augenlider hoch und erkannte: „Hinüber. Mausetot. Nix mehr zu machen, Trixie."

Hörte sie nicht ein wenig Erleichterung in seiner Stimme?, fragte Trixie sich beklommen. Sie zerrte ihr Smartphone aus ihrer Hosentasche und wollte schon den Notruf wählen, da nahm Ben ihr das Gerät weg.

„Lass es. Soll sie sich doch wieder mit ihrem Liebsten unterhalten, und zwar dort drüben", er zeigte mit weit ausholender Armbewegung gen Himmel. „Sie hat uns doch erzählt, sie habe keinen ihr nahestehenden Menschen mehr, sie sei ganz allein auf der Welt. Nun gut, dann wird sie keiner vermissen."

Wie grausam und hart seine Worte klingen, dachte Trixie.

Ben packte die Tote an ihren Füßen, schleifte sie unter die ausladenden Zweige eines Busches, zog dann seine leichte Jacke aus und deckte den Leichnam damit zu. „Ist sowieso voller Risse und Flecken, wollte ich schon lange entsorgen", war sein Kommentar. „Ich setze erstmal einen Kaffee auf, was hältst du davon? Dann können wir überlegen, was wir damit machen." Er verpasst dem Knie der Verstorbenen, das unter der Jacke hervorschaute, einen leichten Tritt. „Wird ihr nicht mehr wehtun. Ja, schau mich nicht so entgeistert an, liebe Trixie, aber die hat uns doch schon lange das Leben hier zur Hölle gemacht! Hätte sie uns endlich zufrieden gelassen, sie könnte noch ein paar Jahre leben. Aber – sie hat's nicht anders gewollt. Und mit diesen Stöckelschuhen über einen Weg zu laufen, der rutschig ist wie mit Schmierseife bestrichen, also, das ist doch wirklich dämlich von ihr. Wieso hat Klaus denn die Axt noch nicht weggeräumt?", fiel Ben dann der eigentliche Schuldige ein.

„Weil weder er noch einer von uns beiden damit rechnen musste, dass ein Fremder seine Füße in diesen Garten setzt und gegen deinen Willen zu der Hütte latscht. Die Freifrau wusste doch, dass der Gärtner darin wohnt. Wie dreist, sich dort umsehen zu wollen, in den Privatbereich eines Menschen eindringen zu wollen!", gab Trixie Ben recht. „Ist das nicht sogar Hausfriedensbruch, was die alte Dame da vorhatte?"

„Genau", pflichtete Ben ihr bei, „für diese Unverschämtheit hätten wir sie sogar anzeigen können! Was glaubst du, wie ungläubig die aus der Wäsche geguckt hätte."

***

Der Kaffee, den Ben gekocht hatte, war diesmal besonders stark.

„Damit kannst du auch Tote wieder zum Leben erwecken", scherzte Trixie. „Na gut, die Freifrau lassen wir besser ruhen. Fragt sich nur, wo? Eine weitere Hütte bauen? Nee, brauchst du nicht." Nachdenklich kratzte sie sich am Kopf.

„Hm", machte Ben. „Nun weiß ich endlich, wohin mit dem leeren Bierfass. Das hab ich häufig in meinen Shows verwendet, und mittlerweile wirkt es so ramponiert, dass ich mir vor einigen Tagen ein neues Fass angeschafft habe." Verschmitzt grinste er Trixie an. „War auch zu klein für meine zukünftigen Pläne, dafür ist ein Weinfass besser geeignet."

„Du meinst", erwiderte sie zögern, „Gundula stopfen wir in das alte Fass? Ja, passt sie denn dort hinein?"

„Muss", entgegnete Ben. „Notfalls mit gebrochenen Knochen. Zusammengefaltet sozusagen."

Trixies Blick sagte ihm, wie schaurig sie seine Idee fand, doch nach einigem Grübeln stimmte sie ihm zu. „Meinetwegen. Nur ihre Schuhe … ob die mir auch stehen würden?" Sie zwinkerte Ben schelmisch zu und meinte dann mit ernsthafter Miene: „Nein, ich bleibe besser bei meinen bequemen Sneakers. Nicht, dass ich in den Stöckelschuhen auch im Matsch lande und der Freifrau im Fass Gesellschaft leisten muss, haha."

„Ist geräumig genug", beruhigte Ben sie. „Ganz einfach, ihr werdet vorher in handliche Kleinteile zerlegt."

***

Dass Ben seine liebe Not damit haben würde, die Freifrau, so zierlich sie auch war, tatsächlich in dem Holzfass unterzubringen, hatte er befürchtet. Das grässliche Knacken ihrer brechenden Knochen würde er niemals mehr vergessen, doch endlich war es vollbracht. Gundula Freifrau von Ebersheim ‚hatte ihre endgültige Ruhestätte bezogen‘, wie Ben es ausdrückte.

„Da kommt sie nicht mehr raus, sie wird mitsamt dem Fass allmählich vermodern", informierte er Trixie. „Hoffe ich."

„Und, wo bringen wir nun das Fass unter?", sprach Trixie das nächste Problem an. „In deiner Zaubershow möchtest du sie sicherlich nicht präsentieren."

„Müllkippe", antwortete er pragmatisch. „Öffnet morgen um zehn Uhr. Rein in den Van, ab in den Müll."

Wie eiskalt er das Entsorgen eines Menschen ausdrückt, dachte Trixie und warf Ben einen nachdenklichen Blick zu.

Nachdem Bens Van erneut als Leichenwagen genutzt worden war und das Fass mit dem schrecklichen Inhalt darin auf der Müllkippe seinen letzten Weg genommen hatte, beruhigte Trixie sich allmählich.

„Kommen wir nun endlich zur Ruhe?", fragte sie sich und Ben, als sie am Abend zusammensaßen und den Tag Revue passieren ließen. „Oder wartet schon die nächste unliebsame Überraschung auf uns?"

„Und wann, zum Donnerwetter, erfahren wir etwas über Fabs Schicksal?", erinnerte sie Ben an das andere ungelöste Problem, das sie seit Wochen in Atem hielt. Ein seltsamer Telefonanruf, bei dem eine verzerrte und kaum verständliche Frauenstimme sich gemeldet hatte und bald wieder aufgelegt worden war, hatte nichts ergeben.

Also abwarten.

*B*eatrix!" hörte Trixie eine ihr vertraute Stimme durch den Hörer trällern. „Kind, dein Papa und ich kommen demnächst zu Besuch. Wir sind dann auf der Weiterfahrt nach Bad Gandersheim, um uns dort die Landesgartenschau anzusehen. Liebes, wir haben uns ja lange nicht mehr getroffen, aber bald ist es soweit!" Irene schien vor Freude fast außer sich zu sein. „In knapp drei Wochen sind wir bei dir. Paul und ich sind schon ganz aufgeregt, deinen berühmten Zauberer persönlich zu treffen."

Trixie, den Hörer am Ohr, überlegte kurz. Dann antwortete sie ihrer Mutter: „In meiner kleinen Stadtwohnung ist es recht eng, wie ihr wisst. Fahrt doch noch ein Stück weiter, ich halte mich neuerdings meist bei Ben auf. In seiner Villa könnt ihr sogar übernachten, wenn ihr mögt. Und meinen Liebsten endlich kennenlernen."

Hätte Ben etwas gegen diesen überraschenden Besuch? Wäre er überhaupt von seiner Zaubertournee zurück?

Ja, er wäre rechtzeitig wieder da und würde gern ihre Eltern begrüßen, beruhigte er sie. „Wird knapp, aber klappt schon."

Drei Tage darauf machte Ben sich auf, die Zuschauer vierzehn Tage hindurch in verschiedenen Städten mit seiner magischen Show zu unterhalten.

„Hals- und Beinbruch", wünschte ihm Trixie und winkte seinem Van nach, bis das Fahrzeug um eine Ecke bog und nicht mehr zu sehen war. „Auf dass du alle Leute so verzauberst wie mich."

**

Die Tage ohne Ben verflogen regelrecht, zumal Trixie sich auch endlich wieder ihren übrigen Kunden widmen konnte.

Ihre Zeit ausgefüllt mit Aufräumarbeiten in mehreren Haushalten, sank Trixie abends ermattet auf das Sofa in Bens Wohnzimmer. In ihrer Stadtwohnung hielt sie sich nur noch für jeweils wenige Stunden auf, um dort den Schriftkram zu erledigen, den ihr Kleinunternehmen mit sich brachte.

Ansonsten verbrachte sie ihre Freizeit damit, in dem Garten, der zu Bens Villa gehörte, die Sonne zu genießen oder mit Klaus zu klönen, wenn es dessen Zeit zuließ.

„Noch immer kein Lebenszeichen von Fab?", erkundigte sich der sympathische Gärtner, als er mit der gefüllten Gießkanne durch den Garten ging und die Blumen wässerte.

„Nein." Trixie schüttelte ihren Kopf. „Das macht einen dermaßen kribbelig ... Wer weiß, wo die Kleine sich befindet und was ihr zugestoßen sein mag. Man fühlt sich so hilflos", raunte sie. „Wenn man doch was, IRGENDWAS machen könnte! Auch die Polizei kommt in diesem Fall nicht weiter."

Wie Mama und Papa darauf reagieren werden, dass die kleine Tochter meines Partners verschwunden ist, mag ich mir gar nicht ausmalen, dachte Trixie. Mama wird sich nicht mehr einkriegen können und ganze Packungen Taschentücher vollschniefen, Papa wird etwas besonnener sein und uns Fragen stellen, auf die wir keine Antwort wissen.

Ach, Papa, dachte Trixie. Wie hättest du wohl reagiert, wenn MICH jemand entführt hätte? Als das gutmütige Gesicht des Mannes, den sie bis vor kurzem für ihren Vater gehalten hatte, vor ihrem inneren Auge auftauchte, verspürte sie ein warmes, vertrautes Gefühl.

Wie gehe ich nur mit ihm um, nun, da ich weiß, was auch ihm bekannt ist?, überlegte sie. Wird er mich zur Begrüßung jedes Mal herzhaft knuddeln wie früher, oder wird er distanziert sein, sobald er erfährt, dass ich Bescheid weiß? Werde ich auch weiterhin das von ihm geliebte Töchterlein für ihn sein, oder ein fremdes Kuckuckskind, das ihm seine untreue Frau untergeschoben hat? Im Umgang mit meiner Mutter hat er sich nie etwas anmerken lassen, erinnerte Trixie sich. Jedenfalls nicht in meiner Gegenwart. Wie schwer muss es ihm gefallen sein.

Fast verspürte sie ein wenig Unbehagen beim Gedanken daran, dass ihre Eltern bald hierher kämen. Der Kontakt am Telefon ist das eine, der persönliche etwas anderes. Da muss ich Paps in die Augen schauen, dachte sie.

Wie schön ihr es hier habt", lobte Irene ihre Tochter, kaum, dass sie aus dem Auto gestiegen war, und drücke Trixies Hand. Gefühle zu zeigen hasste ihre Mutter, Umarmungen mochte sie nicht. Trixie kannte sie nicht anders und nahm es ihr nicht übel.

Paul war anders. Er nahm Trixie gleich so herzlich in seine Arme, dass sie sich wohl fühlte.

An seine Schulter kann ich mich lehnen, dachte sie. Und brach vor Rührung über seine herzliche Begrüßung in Tränen aus, was ihr selten passierte. Etwas verlegen über ihren untypischen Gefühlsausbruch senkte sie ihren Kopf und wischte sich möglichst unauffällig über die nassen Wangen.

„Kind, seit wann weinst du denn, wenn wir zu Besuch sind?", fragte ihre Mutter jedoch in hörbar überrraschtem Tonfall und zupfte ein Taschentuch aus ihrer Handtasche, um es ihrer Tochter zu geben.

„Ihr ist offenbar einiges klargeworden", erklärte ihr Vater und zwinkerte Trixie zu. „Etwas, das garantiert mit einem gewissen Fritz zusammenhängt", verdeutlichte er. „Ist es nicht so?"

Trixie nickte nur wortlos.

Ihre Mutter zuckte leicht zusammen und wandte sich schweigend von ihrer Tochter ab.

„Wie lange hätten wir es denn noch vor ihr verheimlichen wollen, Irene?", erkundigte sich Paul mit sanfter Stimme bei seiner Frau. „Sie hat ein Recht darauf, die Wahrheit über ihre Herkunft zu erfahren. Und du, Trixie, wirst für immer meine Tochter sein, egal, von wem du abstammst. Ich behüte dich, seit du als Säugling in meinen Armen lagst, und ich werde dich niemals im Stich lassen!" In seinen Augen lag eine solch tiefe Zuneigung, dass Trixie noch heftiger in Tränen ausbrach. Ganze Rinnsale rannen nun über ihre Haut, und sie wusste, ihre Augen waren inzwischen fürchterlich geschwollen und rot.

„Ein Schokoladeneis wird dir guttun, Trixie", vernahm sie da die sanfte Stimme des Gärtners, der die Szene beim Harken des Gartenweges mitbekommen hatte.

„Klaus, Bens Spezialist für alles Grüne", stellte Trixie ihn ihren Eltern vor. „Lässt alles gedeihen. Kein Unkraut ist dem gewachsen, haha", witzelte sie und spürte, wie sie sich beruhigte.

„Ja, so ein Eis, das würde mir auch schmecken", stimmte Paul dem Vorschlag zu.

Kurz darauf ließen sich Trixie und ihre Eltern auf den Gartenstühlen rund um den Gartentisch nieder, und jeder von ihnen knibbelte am Papier einer Eistüte herum. Klaus hatte die drei allein gelassen, er wusste, sie hätten einander einiges zu erzählen.

Die Stimmung war zunächst merkwürdig angespannt, empfand Trixie. Irene und Paul zischten sich immer wieder recht scharfzüngig an, während sie als ihre Tochter zwischen ihnen saß und unsicher von einem zum anderen blickte. Sie sprachen über alles Mögliche, erzählten Trixie, in welchem teuren Hotel sie ihre Urlaubstage verbringen wollten, wie edel es in dem Prospekt ausgesehen habe, wie interessant die Bilder vom Hotelzimmer seien – nur über Fritz fiel kein Wort. Dieses Thema hielten sie offenbar für erledigt, nun, da Trixie Bescheid wusste.

Es wurde gestritten um die Art der Anreise – Irene hatte eine Zugfahrt vorgeschlagen, Paul wollte mit dem Auto fahren. Das Hotelzimmer sei verflixt teuer, meinte Irene, Paul hielt dagegen und meinte, sie dürften sich ruhig mal etwas gönnen. Und diese Landesgartenschau, ja, die sei bestimmt recht schön, aber hätten sie nicht stattdessen an die Nordsee fahren und die frische Meeresbrise genießen können?, maulte Irene. Nein, dort waren sie doch erst letztes Jahr, außerdem fand Paul es dort zu stürmisch. Mehr als einmal sei ihm der Hut davongeflogen.

Hin und her, wie bei einem Ping-Pong-Spiel, dachte Trixie, hatte aber irgendwann genug von diesem ihrer Meinung nach albernen Verhalten.

„Ist irgendetwas … äh, etwas vorgefallen?", erkundigte sie sich mit leiser Stimme. „Habt ihr euch bei der Reise verfahren?"

„Ach Kind, du bist so lustig", meinte Irene, doch ihre Augen blickten ernst.

„Es gab Meinungsverschiedenheiten", erklärte Paul. „Kommt mal vor zwischen zwei Menschen. Wir werden uns wieder vertragen", besänftigte er, als er Trixies sorgenvolle Miene wahrnahm.

„Wo steckt eigentlich dein Magier, Kind? Auf den hab ich mich gefreut, und nun ist er nicht hier", meinte Irene enttäuscht.

„Der muss bestimmt gerade jemanden verzaubern, haha", sagte Paul und tätschelte lachend die Hand seiner

Frau. „Oder ist in einem Zylinder verschwunden, wo er nach seinem Kaninchen sucht."

„Paps, Ben ist zum Supermarkt im Nachbarort gefahren", erklärte Trixie. „Die haben heute ganz frische Kaninchen im Angebot."

„Immer für einen Spaß zu haben, meine Kleine", meinte ihre Mutter lächelnd und spürbar erleichtert darüber, dass die Stimmung am Tisch sich allmählich zu bessern schien.

Motorgeräusch wurde hörbar, zunächst noch leise, dann immer lauter, bis Bens Van sichtbar wurde.

„Tada, hier kommt euer persönlicher Magier", mit diesen Worten sprang Ben aus dem Fahrzeug und schwenkte eine prallgefüllte Einkaufstüte.

***

„Ich bin pappsatt", meinte Paul und rieb sich über sein Bäuchlein. „Du hast dir einen wunderbaren Koch ausgesucht, Trixie, mit dem an deiner Seite wirst du irgendwann so rund sein wie ..." Er überlegte. „Wie ein Bierfass, haha. Irgendwann muss Ben dich ins Bett rollen."

Der Anblick eines ganz bestimmten Fasses stieg vor Trixies innerem Auge auf, und fast hätte sie gewürgt bei der Erinnerung an den Inhalt darin.

Auch Ben wirkte kurz ein wenig unangenehm berührt von dieser Bemerkung, fing sich dann aber rasch wieder.

„Diese Frau wird immer die attraktivste Frau sein, die mir je begegnet ist. Hübscher als jedes aufgedonnerte Mannequin, pfiffiger als jedes noch so gelehrte Mädel", bekräftigte Ben und warf Trixie einen liebevollen Blick zu.

„Huch", meinte Irene da, „ich höre schon die Hochzeitsglocken läuten, haha. Aber verzehr besser nicht die ganze dreistöckige Torte", schlug sie lachend vor, denn sie wusste, wie gern Trixie Süßigkeiten mochte.

Es ging noch munter weiter, und hätten Trixies Eltern nicht noch im Hotel in Bad Gandersheim einchecken müssen, sie wären noch bis in die Nacht hinein geblieben.

Doch schließlich erhoben sie sich, dankten für die Gastfreundschaft und die leckere Mahlzeit und verabschiedeten sich.

Die anfangs angespannte Atmosphäre zwischen ihnen war inzwischen deutlich gelöster.

Erleichtert ging Trixie schlafen, nun, da sich ihre geliebten Eltern offenbar wieder miteinander versöhnt hatten.

„Wetten, dass Irene und Paul schon bald wilden Sex miteinander genießen?", frotzelte Ben und drängte sich offenbar in der gleichen Absicht an Trixie.

„Sooo alte Leute wie die beiden doch nicht," lachte Trixie übermütig und forderte Ben auf: „Das ist jungen Hüpfern wie uns vorbehalten, wir sind noch rüstig genug für nächtlichen Sport. Beweis es mir ..."

*E*lisa, kann ich Fabrizia unbesorgt im Wald spielen lassen? Oder meinst du, das ist zu gefährlich für ein kleines Mädchen?", erkundigte sich Angelina bei ihrer Schwester, die gerade aus dem Hühnerstall kam.

Sie hatte den Einfall gehabt, zusammen mit ihrer entführten Tochter für eine Weile auf dem abseits gelegenen Bauernhof von Schwester und Schwager in der Lüneburger Heide angeblich ‚Urlaub' zu machen. In Wirklichkeit wollte Angelina untertauchen, und, wenn irgendwann Gras über die Sache gewachsen war, sich eine kleine Wohnung suchen für sich und Fabrizia, die zukünftig von ihr, der Mutter, aufgezogen werden sollte. Ben würde sie hoffentlich nicht mehr finden, und den Fähigkeiten der Polizei traute die Frau nicht.

Ein beschauliches Leben weitab vom Trubel der Stadt war zwar nicht gerade das, was der quirligen Angelina vorschwebte, aber für einige Wochen sollte es gehen. Solange Elisa und Tim sie und Fabrizia im selten genutzten Gästezimmer des Bauernhofes wohnen ließen, würde sie sich nützlich machen. Schweine füttern, den Hennen morgens die Eier wegnehmen, den Mist der Kühe fortschaufeln … eben das, was die Städterin Angelina sich unter Landleben vorstellte. Wenn es sein musste, würde sie sogar melken lernen, nahm sie sich vor.

Das Kind könnte die frische Landluft genießen und unbeschwert draußen spielen. Allerdings wären die Ferien irgendwann vorüber, und dann? Ach, überlegte Angelina, darüber mache ich mir später Gedanken. Notfalls wird die Kleine in der Dorfschule angemeldet und mit dem Traktor dorthin gefahren. Zurück kann sie ja zu Fuß laufen, ist ja jung und rüstig.

So weit die Pläne ihrer Mutter. Fab selbst hatte ihre Entführung kaum mitbekommen, denn ein leichtes Schlafmittel hatte sie die gesamte Zugfahrt hindurch neben Angelina schlummern lassen. Als Fab aufgewacht war, hatte sie in die neugierigen Augen eines Huhnes geblickt, das sich gackernd genähert hatte.

„Am Arsch der Welt, da gibt's keine Zauberer", hatte Angelina erleichtert gemeint und sich zum erstenmal in ihrem Dasein ein frisch gelegtes Hühnerei gegönnt. Es hatte ihr hervorragend geschmeckt.

***

Der Student Charlie, der sich ein wenig hinzuverdienen wollte, jobbte einige Wochen auf dem Hof. Ein netter junger Mann, fand Angelina, und so aufmerksam! Brachte unaufgefordert zwei Gläser Limonade nach draußen zu ihr und Fabrizia, riss einen Witz, über den sich ihre Tochter vor Lachen kringelte und verschwand dann wieder im Stall, um Tim zu helfen.

Das fällt einem kräftigen Kerl eben leichter als mir, einer schlank gebauten, schwächlichen Frau, redete Angelina sich ein und strich behutsam knallroten Lack auf ihre sorgsam gefeilten Fingernägel. Und überhaupt, dachte sie, bin ich denn hier als Magd? Nein, ich gehöre zur

Familie, und als Besucherin MUSS ich hier keine niederen Arbeiten ausführen. Den stinkenden Schweinen den Hintern abputzen oder was Bauern so treiben, nee, das geht zu weit für eine Dame aus der Zivilisation. Allein schon meine frisch lackierten Nägel, wie würden die anschließend aussehen? Und meine Haare, und mein Make-up, und so weiter und so fort.

Charlie machte sich seine Gedanken über die arrogant wirkende Schwester seiner Chefin. Solch ein übertriebenes Styling, solch eine blasierte Art … nee, um die machte er lieber einen großen Bogen. Nur ihre pfiffige Tochter Fabrizia war ihm sympathisch, und der zuliebe stellte er Limonade auf den Gartentisch bei der Hitze, die die Gegend derzeit überzog. Dreißig Grad Celsius und mehr, kaum auszuhalten, stöhnte er in Gedanken, fuhr sich mit dem Arm über seine verschwitzte Stirn und schloss seine Augen zu einem kurzen Nickerchen.

Das Kinderstimmchen neben ihm schreckte ihn hoch. „Charlie, leihst du mir dein Handy? Bitte", bettelte Fabrizia und sah ihn wie ein Hundewelpe an, der ein Leckerli erhalten möchte.

Der junge Mann, selbst Bruder einer niedlichen kleinen Schwester, die ihn auch immer wieder um ihren Finger wickelte, stimmte Fabrizia zu. Er zog das Handy aus seiner Hosentasche und reichte es dem Mädchen mit der Bitte, es ja nirgends aus Versehen zu vergessen. „Das ist meine Nabelschnur nach Hause, weißt du, und meine Mum würde sich Sorgen machen, wenn ich sie nicht jeden Abend anrufe!"

„Möchte nur meine Freundin anrufen, ob deren

Meerschweinchen schon Babys bekommen hat", erwiderte Fabrizia mit einem treuherzigen Augenaufschlag. „Sie hat mir versprochen, dass ich eines davon übernehmen darf."

Schon eine halbe Stunde darauf gab sie das Telefon zurück, denn sie hatte es geschafft, Ben zu erreichen und ihm ihren ungefähren Aufenthaltsort mitzuteilen. So ganz genau wusste sie zwar nicht, wo sich der Hof befand, aber dass er in der Lüneburger Heide lag, sagten ihr unzählige violettfarbene Blüten, die überall in der Landschaft wuchsen. Und ihre Beschreibung eines riesigen, auffälligen Hünengrabes am Fuße eines Hügels würde es hoffentlich erleichtern, sie aufzufinden. Fab war von solchen Felsformationen fasziniert und suchte sie gern auf. Einer der Findlinge würde sie an einen Elefanten erinnern, hatte sie Ben erzählt. An einen Elefanten mit nach vorn gerichteten Ohren. Den könne er gar nicht verfehlen.

„Nee, das Meerschweinchen hat immer noch nicht geworfen", flunkerte sie den hilfsbereiten Studenten an und dachte: Wie leicht der sich verarschen lässt, aus dem wird nie ein Professor, haha.

Eine Woche darauf war der Student wieder fort, und niemand hätte sagen können, von welchem Gerät aus Fab mit ihren Vater gesprochen hatte.

***

„Noch ein Stück abschneiden, dann ist das ein ‚E'", freute sich Klaus etwa anderthalb Autostunden von Fabrizia entfernt. Er hantierte mit einer kleinen Schere und einer Rolle schwarzem Klebeband und befestigte schließlich behutsam einen kurzen Streifen des Klebebandes so geschickt an dem Buchstaben ‚F', dass es zumindest aus einiger Entfernung wie ein ‚E' aussah.

Die gleiche Behandlung erfuhr danach auch das Nummernschild auf der anderen Seite von Bens Van. „Abra Kadabra", improvisierte der Gärtner einen bekannten Zauberspruch, „auch daraus mache ich nun ein ‚E'. Optische Täuschung ist eben alles, das weißt du am besten", wandte er sich an Ben, der die Verwandlung des Kennzeichens verfolgte. „Und nun die Dachbox oben rauf", ordnete er an und befestigte gemeinsam mit Ben eine schwarze Kunststoffbox auf dem Autodach. Geräumig genug, würde sie die leichte Fabrizia mühelos aufnehmen können für einen Fluchtversuch.

„Eventuell noch Luftlöcher hineinbohren?", überlegte Trixie, die ihnen zusah.

„Ach was, bei der nächsten Gelegenheit lass ich die Kleine doch raus", lehnte Klaus ihren Vorschlag ab. „Die restliche Fahrt verbringt sie neben mir auf dem Beifahrersitz … und schnasselt mir die Ohren voll", vervollständigte er grinsend, denn alle kannten Fabs Redseligkeit. Das aufgeweckte Mädchen hatte immer etwas zu erzählen oder stellte Fragen; in Fabs Gegenwart wurde es nie langweilig.

„Die plappert mehr als jeder Radiomoderator", stimmte Ben zu und lachte vergnügt. Er freute sich darüber, seine Tochter hoffentlich bald wieder in seine Arme schließen zu dürfen und sie Angelina zu entreißen.

Klaus, den Angelina nicht kannte, sollte mit Bens Van zu dem versteckt liegenden Bauernhof in der Lüneburger

Heide aufbrechen. Sollte Fab dann möglichst unauffällig zu dem Fahrzeug lotsen, sie in die Dachbox klettern lassen und anschließend rasch wieder verschwinden. Ab nach Hause innerhalb kürzester Zeit, so stellten sich Trixie, Ben und Klaus die Befreiungsaktion vor.

„Denk an den Elefanten mit nach vorn geklappten Ohren", erinnerte Ben seinen Gärtner an das Fab zufolge leicht erkennbare Zeichen, das sich ganz in der Nähe des Hofes befinden sollte.

***

„Es lief einfacher, als ich befürchtet hatte", berichtete Klaus später, nachdem Fab endlich wieder bei Ben eingetroffen war und Ben seine Dachbox vom Auto genommen hatte.

Spürbar erleichtert biss Klaus in ein mit Marmelade bestrichenes Brötchen und erklärte: „Alles klappte genau nach unserem Plan. Ich hab den Van hinter einem Gebüsch geparkt, Fab beim Spielen mit den Kühen erwischt und in der Box versteckt, dann ging's zurück nach Hause. Außer irgendwelchen Tieren sind uns keine anderen Lebewesen begegnet, und ich glaube, dem Eichhörnchen, das auf dem Ast über der Dachbox saß, waren wir egal", schloss er und genehmigte sich einen großen Schluck Kaffee.

„Das Klebeband ...", begann Trixie.

„Ist schon wieder entfernt", beruhigte sie Klaus.

„Ach, Klaus, du bist einsame Spitze!", schwärmte Trixie und legte dem Gärtner freundschaftlich ihren Arm um die Schulter. „Was hätten wir nur ohne dich getan? Die Idee mit dem veränderten Nummernschild war gut, falls den Van jemand erkannt hätte, wäre er von dem Kennzeichen irritiert gewesen. Sofern er das richtige überhaupt kennt", setzte sie nachdenklich hinzu. „Und dich kennt dort niemand. Angelina hat dich nie wahrgenommen, als sie hier gewesen ist." Überschwänglich drückte sie Klaus einen flüchtigen Kuss auf seine stoppelige Wange.

***

Fabrizias Mutter wunderte sich nicht, dass ihre muntere Tochter offenbar noch eine Weile draußen spielen wollte. So sind Kinder eben, dachte sie sich, das Mittagessen lässt sich später noch wieder aufwärmen.

Angelina streckte sich bequem auf ihrer Lieblingsliege vor dem Kammerfenster aus, um die Sonne zu genießen, rückte noch ihren breiten Strohhut auf dem Kopf zurecht und schlummerte ein wenig. Wurde wieder wach, holte sich ein Eis aus dem Gefrierfach in der Küche ihrer Schwester, und döste erneut ein wenig.

Erst, als die Dämmerung einsetzte, begann Angelina unruhig zu werden. Sooo lange war ihre Tochter noch niemals draußen geblieben, ob denn noch alles in Ordnung war? Sie klappte zunächst die Liege zusammen und lehnte sie an die Hausmauer unterm Fenster, suchte die Toilette auf, frischte ihre Kriegsbemalung im Gesicht auf – wie sollte sie denn sonst zum Abendessen erscheinen? - und erkundigte sich dann endlich, ob jemand Fabrizia gesehen habe.

Nein, das Kind schien unsichtbar geworden zu sein;

niemand hatte es gesehen, seit es am Vormittag zur Kuhweide aufgebrochen war. Sie alle wussten doch schon längst: Fabrizia spielte so gern mit den Schwarz-Weißen Milchkühen. Jedes andere Mädel in dem Alter hätte sich vor Angst wohl in die Hose gemacht, sobald eines der riesigen Rindviecher sich näherte, aber doch nicht die mutige Tochter Angelinas!

Das Lob ging runter wie Öl, aber dennoch grummelte es in Angelinas Magen unangenehm, denn sie begann sich Sorgen zu machen. Und sich außerdem zu ärgern. Musste diese vorlaute Göre sich denn immer wieder eigensinnig dort draußen herumtreiben? Konnte Farbrizia denn nicht ‚Mädchenspiele‘ spielen? Puppen ankleiden und frisieren, mit einem Kinderwagen über den Hof schieben oder sich ein Puppenhaus wünschen und dies mit winzigen Möbeln einrichten? Wer hatte ihr Mädchen bloß dazu gebracht, dermaßen wild durch die Gegend zu ziehen, auf die großen Felsen von Hünengräbern zu kraxeln oder mit brennenden Fackeln zu jonglieren? Konnte doch nur wieder Ben gewesen sein, ihr verflixter Ehemann.

DER elende Kerl, dieser durchgeknallte Magier, er muss meiner Fabrizia die verrückten Flöhe ins Ohr gesetzt haben, dachte Angelina und ballte erbost ihre Fäuste. Dazu sein neuestes Liebchen, diese Trixie. Auch in die ist meine Fabrizia offenbar völlig vernarrt; versucht die schon die Mutterrolle auszuüben?

Warte ich noch eine Weile – vielleicht hat die Kleine sich nur verlaufen und ist bald hier?, überlegte Angelina. Oder soll ich bereits die Polizei einschalten?

Siedendheiß fiel ihr jedoch ein, dass sie dann vermutlich

Ärger zu befürchten hatte, da ihre Tochter nicht ganz freiwillig zu Besuch auf diesem Bauernhof war. ‚Entführung‘, jawohl, das würde man ihr vorwerfen, IHR, der treusorgenden Mutter!

Nein, beschloss Angelina, sie würde Fabrizia bei Ben wohnen lassen, denn dort würde das Kind sich bestimmt inzwischen wieder aufhalten. Entweder war sie allein ausgebüxt, zuzutrauen wäre es ihr, dachte Angelina. Oder jemand hatte Ben dabei unterstützt, das Kind heimlich zurückzuholen.

Wenn sie ihren Noch-Ehemann nun anriefe, würde er alles abstreiten. Also half alles nichts, sie musste es hinnehmen, dass Fabrizia ihr abhanden gekommen war. Dass ihre Tochter ihr vermutlich sogar gern den Rücken gekehrt hatte.

PAH, dachte Angelina nach einer kurzen Phase des Selbstmitleids trotzig, dann hab ich eben in Zukunft meine Ruhe und muss mich ausschließlich um meine eigenen Angelegenheiten kümmern! Muss keine Schulbesuche für das Mädchen organisieren, keine größere Wohnung für uns beide suchen, kein …

Angelina fielen immer mehr Argumente gegen die Anwesenheit ihrer Tochter in ihrem Leben ein, und sie ließ die Sache auf sich beruhen.

Ist mir alles einfach zu anstrengend; soll Ben sich doch mit der Erziehung seiner Tochter allein rumplagen, dachte sie.

Kochte sich einen extra starken Kaffee und bemalte sich dann ihre Fingernägel sorgfältig mit lilafarbenem Nagellack, passend zur Heidelandschaft.

*D*ing Dong. Trixie wartete. *Ding Dong.* Nichts tat sich. War die Kundin nicht zu Hause? Wir haben doch für heute einen Termin ausgemacht, und ich bin pünktlich. Verflixt … *Ding Dong.* Wieder nichts. Trixie klopfte an die Wohnungstür, presste ihr rechtes Ohr ans Türblatt und lauschte. Da – ein leises Scharren.

Entweder bewegt sich da ein Haustier, oder es ist etwas runtergefallen, überlegte Trixie. Warte ich noch? Sie zog ihr Handy aus der Jackentasche und wählte die Telefonnummer der Kundin. Der Ruf ging raus, aber auch auf diesem Wege konnte Trixie die Frau nicht erreichen.

Allmählich reicht es mir, dachte Trixie und wollte sich schon, erbost über die Unzuverlässigkeit mancher Kunden, auf den Weg die Treppenstufen hinunter zum Ausgang machen. Stoppte allerdings jäh, als sie erneut ein Geräusch vernahm, das aus der Wohnung zu stammen schien. Ein Scharren, diesmal deutlicher als zuvor.

Rührt die sich doch endlich?, ging es Trixie durch den Kopf, und sie starrte den Türgriff an, der langsam bewegt wurde. Endlich wurde die Tür zögernd ein wenig geöffnet, und Trixie konnte durch einen schmalen Spalt hindurch in einen Flur voller Gerümpel blicken.

Na typisch, da scheint ja eine Menge Arbeit auf mich zu warten, mindestens ebenso viel wie in einer durchschnittlich zugestellten Unterkunft. Wenn nicht sogar mehr, schätzte sie.

„Frau Bernwald?", fragte Trixie die Person, von der bislang nur schmutzige, abgekaute Fingernägel zu sehen waren. Finger schoben sich zögerlich durch den Türspalt und vergrößerten ihn ein wenig, bis das Gesicht einer Frau zu erkennen war. Ein schmales, sehr blasses Gesicht, darüber strähnige rötlichblonde Haare, die wirr vom Kopf der Frau abstanden. Sie nickte zustimmend und sagte: „Sylvia Bernwald, ganz richtig."

Trixie schnappte nach Luft. Die Fremde war ihr Ebenbild! Die gleiche Höckernase, die gleichen grünen Augen, der gleiche breite Mund und etwa gleichaltrig. Verwandschaft?, überlegte sie und musterte die Frau.

Ihre Kundin starrte sie nur wortlos an. Still blieb sie vor ihr stehen. Rührungslos wie eine Statue verharrte sie und schien zu überlegen, wie sie reagieren sollte.

Was mag sie über unsere Ähnlichkeit denken? Die fällt ihr doch auch auf, dachte Trixie. Naja, sie ist wohl zu schüchtern, um sich dazu zu äußern.

Trixie nahm sich zusammen. Nur ein Zufall, piepste das Stimmchen in ihrem Gehirn, aber Trixie fiel es schwer, daran zu glauben. Egal, ich bin zum Aufräumen hier, nicht zum Grübeln. Also rein in die gute Stube, sagte sie sich entschlossen und trat näher.

„Hier entlang", vernahm Trixie die heisere Stimme der Fremden, und endlich wurde die Tür ganz geöffnet. Ein Schwall Zigarettenrauch quoll aus der Wohnung heraus und nahm Trixie beinahe den Atem. Unwillkürlich wedelte sie mit ihrer Hand den Rauch beiseite und hustete.

Eigentlich eine hübsche Bude, praktisch geschnitten, mit Bad, Küche, Balkon ausgestattet, dachte Trixie, als die

Kundin sie schließlich durch die zugemüllten Räume führte. Wie so oft, schade drum. Wie kann man seine Unterkunft nur so verunstalten?, fragte sie sich wohl zum tausendsten Mal.

Und ebenso wohl zum tausendsten Mal verspürte sie eine Mischung aus Vorfreude darauf, Ordnung zu schaffen und die Wohnung in einen angenehmen Ort zu verwandeln, an dem man sich wohlfühlen konnte, und Unbehagen beim Gedanken daran, welches Ungeziefer, Müll und sonstige ekelhafte Dinge sie erwarteten.

Es half nichts, sie würde der bedauernswerten Frau helfen müssen ... helfen wollen, wusste Trixie. Die ist doch noch jung, was mag sie aus der Bahn geworfen haben, dass sie dermaßen runtergekommen wirkt? Die tiefen Schatten unter den Augen der Kundin, das Zittern ihrer Hände, die graue Haut ... Die ist ja ganz schön fertig, erkannte Trixie und hätte sie am liebsten in ihre Arme geschlossen.

Nein, das geht nicht, ich bin nicht der Seelsorger. Ich kann ihr nur das Leben ein wenig angenehmer machen, wenn sie sich hier wieder wohlzufühlen beginnt. Wenn die schlimmsten Müllhaufen beseitigt sind, die kaputten Möbel repariert oder durch andere ersetzt worden sind, wenn ... Die Kundin unterbrach Trixies Überlegungen, indem sie sich mit einem hörbaren Klicken die zigste Kippe ansteckte und die ohnehin zum Schneiden dicke Luft in dem kleinen Wohnzimmer, in dem Trixie mit dem Aufräumen startete, noch stärker einnebelte.

„Würden Sie das Fenster bitte mal öffnen?", bat Trixie hustend und zeigte auf das einzige Wohnzimmerfenster, das noch erreichbar war. Vor den übrigen zwei Fenstern stapelten sich Zeitungen, Zeitschriften, Bücher, Pizzakartons mit Resten darin, verschlossene Umzugskartons sowie Wäsche. Ungewaschene T-Shirts, die einen muffigen Geruch ausdünsteten, achtlos auf den Fußboden geworfene gebrauchte Unterhosen und Socken, Schuhe ohne Schnürbänder ... „Alles, was das Herz begehrt", meinte Trixie ironisch leise zu sich selbst und schaute sehnsüchtig zum Fenster hinüber. „Frische Luft", japste sie.

„Nee, d ... das Fenster klemmt", stotterte die Kundin und strich sich sichtlich verlegen eine fettige Haarsträhne hinter das Ohr.

„So, das klemmt", wiederholte Trixie und schlug vor: „Und die Türen, klemmen die auch? Wir machen jetzt endlich mal Durchzug hier", forderte sie, stapfte energisch zur Wohnzimmertür, riss sie weit auf, begab sich zur Eingangstür und öffnete auch diese. „Nun kann der Mief abziehen", erklärte sie der Frau, die ihr wie erstarrt zugeschaut hatte.

„D ... äh, die Nachbarn", protestierte Trixies Kundin. „Die dürfen nicht wissen, wie es hier aussieht." Ihre Hand mit den nikotingelben Fingern, zwischen denen der Glimmstängel steckte und Gestank und Rauch absonderte, sank langsam auf eine Kommode, die neben ihr stand.

***

Nachdem Trixie sich mit einem Schluck Wasser aus einer mitgebrachten Flasche erfrischt hatte, begann sie mit

Sylvias Unterstützung einen der Bücherstapel durchzusehen, die sich auf dem Fußboden im Schlafzimmer türmten. „Überleg bitte, welche davon du behalten möchtest", bat Trixie ihre Kundin. Inzwischen waren sie beim ‚du' angekommen und kamen recht gut miteinander klar. „Alle anderen landen entweder im Altpapier, oder wir bieten sie auf dem Flohmarkt an. Es gibt viele, die sich über günstige Bücher freuen, selbst wenn die Gebrauchsspuren aufweisen."

„Du bist ja sehr belesen", meinte Trixie anerkennend zu der Frau, deren Bücher – zum Teil weltbekannte Bestseller – sie gemeinsam durchgingen. Über die meisten bestimmte Sylvia, sie wolle sie behalten. Nur wenige Romane sortierte sie aus. Zu wenige, dachte Trixie, so kommen wir nicht weiter. Typisch, viele Kunden können sich nicht dazu durchringen, ihren Trödel wegzuwerfen, und reagieren ungehalten, wenn ich das übernehme. Stürzen sich auf den Müllsack, wühlen darin herum, ziehen das schon Aussortierte wieder heraus und umklammern es, als hinge ihr Leben davon ab. Bis ich sie manchmal dazu überreden kann, endlich loszulassen, wörtlich LOSZULASSEN von dem Krempel in ihren Händen ... oh man. Ich helfe nicht nur, Dinge auszumisten, nein, ganze Leben werden von mir regelrecht entrümpelt. Da werden nicht nur Gegenstände weggeworfen, sondern auch Angewohnheiten auf den Prüfstand gestellt. Alles wird neu geordnet, und ich fühle mich wie eine Psychoklempnerin für verkorkste Menschen.

„Das kann ins Altpapier", bestimmte Sylvia, als Trixie einen zerfledderten Schundroman hochhielt. „Aber das bitte nicht, an der Geschichte häng ich, das Buch hab ich wohl schon zwanzigmal gelesen", entschied sie bei einem weiteren schmalen Taschenbuch mit vielen Eselsohren. „Hab ich mal zufällig in einem Bahnhofskiosk entdeckt", erklärte sie und fuhr mit schwärmerischer Stimme fort: „Darin geht es um eine Frau, die einige Monate ganz allein in einer einsamen Hütte in der Wildnis Kanadas verbringt. Total aufregend, so würde ich auch gern leben."

„Ist sicherlich nicht einfach, so ganz ohne fließend Wasser und Strom. Wär nix für mich", kommentierte Trixie und legte dieses Buch auf einen neuen, extra für Sylvias geliebte Schätze angelegten Stapel. Der mittlerweile auch immer mehr in die Höhe wuchs. Sylvia als selbsternannter ‚Bücherwurm' konnte sich eben nur schwer von ihren Lieblingsbüchern trennen.

Aus einem weiteren Buch, einem sehr dicken Exemplar mit vielen Seiten, da fiel plötzlich etwas heraus und segelte zu Boden; Trixie ergriff es. Ein Foto, erkannte sie und wollte es schon wieder ins Buch zurückschieben, da erstarrte sie. Eine Aufnahme, auf der ein Mann zu erkennen war, dessen Bild sie schon einmal gesehen hatte.

Die hat ja das gleiche Foto, das auch meine Mama besitzt! Trixie erinnerte sich daran, wie hastig ihre Mutter ihr das Foto einst aus der Hand gerissen und schnell wieder in dem Kochbuch versteckt hatte, aus dem es herausgefallen war. Auf der Rückseite hatte sie noch das Wort ‚Fritz' erkennen können. Auf dem Bild war ihr Vater – nein, ihr Erzeuger - zu sehen, wusste sie inzwischen.

Fritz. Immer wieder dieser elende Fritz, dachte sie und blickte Sylvia an. Eine weitere uneheliche Tochter des

Mannes, der in Bens Garten im Betonfundament ruht? Ist Sylvia etwa meine Halbschwester?

***

Ja, so war es, stellte sich heraus, als die beiden Frauen darüber sprachen. Sylvia war die Tochter einer Frau, die sich mit diesem windigen Kerl eingelassen hatte. Nur, dass der sich dort als ‚Hans‘ vorgestellt hatte und, Sylvias Erinnerungen nach, sogar eine Weile bei ihnen gewohnt hatte. Der Sylvia als Kleinkind auf seinen Knien geschaukelt hatte, ihr das Fahrradfahren beigebracht und ihr geholfen hatte, mathematische Formeln zu verstehen.

„Als ich ungefähr sieben Jahre alt war, verschwand Hans, den ich ‚Dad‘ nannte, plötzlich. Er ist nie wieder aufgetaucht; Mum und ich lebten dann allein miteinander. Konnten uns nur mühsam über Wasser halten von dem kläglichen Lohn, den sie als Putzkraft erhielt. Wenn Klassenfahrten geplant wurden, musste ich ablehnen. Wurde zu einer Außenseiterin, mit der keiner mehr spielen wollte“, erzählte Sylvia. „Vor zwei Jahren ist sie gestorben. Krebs. Anonym begraben“, schloss sie mit Tränen in den Augen. „Sie hat bis zuletzt auch hier gewohnt, das Bett im Schlafzimmer haben wir uns geteilt.“

Dass Sylvia weder Geschwister noch einen Ehemann hatte, wusste Trixie längst. Dass der vermaledeite Fritz auch diese Frau, Sylvias Mutter, schändlich behandelt und verlassen hatte, erfuhr sie nun.

Nun hat sie eine Halbschwester, dachte Trixie, und ich auch. Die beiden Frauen nahmen einander herzlich in die

Arme und beschlossen, mit dem Aufräumen am nächsten Tag weiterzumachen.

„Lass uns einen Kaffee trinken, in der Nähe ist ein Eiscafé", schlug Trixie vor.

Sylvia stimmte zu. „Nur noch schnell schönmachen", meinte sie verlegen grinsend und fuhr sich mit einer struppigen Bürste, der schon einige Borsten fehlten, durch das zerzauste halblange Haar. Trug noch zartrosafarbenen Lippenstift auf, hängte sich eine dünne Strickjacke über die Schultern und begleitete Trixie hinaus.

Der Beginn einer wunderbaren Freundschaft?, überlegte Trixie. Habe ich nun endlich die Schwester, nach der ich mich als Kind gesehnt habe?

*D*ie Scheidung ist durch!", jubelte Ben eines Tages, nahm Trixie und Fab bei diesen Worten an den Händen und drehte sich zusammen mit ihnen, bis sie alle drei lachend ins Gras fielen. „Angelina ist für mich Geschichte."

Trixie verpasste Ben einen innigen Kuss und umarmte ihn so fest, als wolle sie ihn nie wieder loslassen. „Ich liebe dich", flüsterte sie ihm ins Ohr, dann sahen sie sich tief in die Augen.

Auch Fab freute sich für ihren Papa, dem sie die Rettungsaktion zu verdanken hatte; sie hatte begriffen, weshalb er Klaus vorgeschickt hatte.

Als sie den Gärtner auf die Weide hatte schleichen sehen und ihn erkannt hatte - zur Deckung hatte sich Klaus rasch hinter einen kleinen Busch geflüchtet, da das plötzliche Muhen einer Kuh ihn erschreckt hatte -, war sie spontan in Gelächter ausgebrochen. Aber als er ihr mit ernsthafter Miene bedeutet hatte, näherzukommen, hatte sie geschaltet. Befreien will er mich, hatte ihr Gehirn signalisiert, und sie war leise zu dem Busch mit seinen spärlichen Zweigen geschlichen und dort an Klaus' Seite stehen geblieben.

Hatte ihn neugierig angeblickt und war vertrauensvoll mit ihm zusammen zu Bens Van gegangen. War behände wie eine Katze aufs Autodach geklettert und hatte sich ohne zu zögern in die Dachbox gelegt. Hatte auch nicht gemurrt, als Klaus den Deckel über ihr verschlossen hatte und losgefahren war. Jede Biegung und jede Bodenwelle hatte sie während der Fahrt wahrgenommen und die ganze Zeit hindurch gewusst, dass sie mit jedem Meter ihrem Papa näher käme. Papa und Trixie, den beiden Menschen, die sie vermisste.

Ihre Mutter, die sie kaum kannte, da sie seit Jahren bei Ben lebte, hatte darauf bestanden, von ihr ,Mama' genannt zu werden. Jedes Mal hatte Fab sich zu dieser Anrede überwinden müssen und meist nur leise genuschelt, wenn sie Angelina ansprechen musste.

Wie glücklich war sie nun, wieder hier zu sein! Sie vermisste keine Kuhweide, keinen Findling, der ihrer Ansicht nach aussah wie ein Elefant, nicht einmal den leckeren Butterkuchen von Tante Elisa. Nein, sie hatte alles, woran ihr Herz hing. Für Fab war jeder Sonnenaufgang seit ihrer Rettung schöner als je zuvor.

***

„Angelina ist also für dich Geschichte", wiederholte Trixie Bens Worte nun und raunte dann, mehr zu sich selbst: „Und wann beginnt meine Geschichte mit dir, lieber Ben? DARF sie überhaupt beginnen? Wir sind doch verwandt miteinander." Ihre Stimme versagte. Sie begann zu schluchzen und wandte sich ab.

So leise ihre Worte auch gewesen waren, Ben hatte sie verstanden. Er ergriff ihren Arm, drehte sie behutsam um, so dass sie ihn wieder ansehen konnte, wischte ihr die Tränen von den Wangen und meinte dann mit sanfter

Stimme: „Darf ich dich daran erinnern, dass wir nicht blutsverwandt sind, Trixie?"

Sie sah ihn irritiert an, und durch ihren Kopf sprangen verschiedene Erinnerungen wild durcheinander. Dann endlich dachte sie an die Worte zurück, die er einst zu ihr gesagt hatte, kaum dass sie sich kennengelernt hatten.

„Richtig! Deine Mutter liebt Kakteenzucht, und du bist ihr Stiefsohn", murmelte sie. „Stimmt, du hast davon gesprochen. Wie blöd bin ich eigentlich?", schimpfte sie über sich selbst. Wusste nicht, ob sie sich ärgern oder lachen sollte. Beseitigte die restlichen Tränen aus ihrem Gesicht und atmete erleichtert aus.

Da hatte sie sich nächtelang in den Schlaf geweint, weil sie annahm, Ben sei tabu für sie. Dabei hatte er ihr längst die Zusammenhänge erklärt. Gefühlt ist es tausend Jahre her, dachte sie. Damals. Vor Fritz. Vor Fabrizia. Vor ALLEM.

„Pscht", machte Ben beruhigend und meinte: „Ich stamme aus der ersten Ehe meines Vaters, meine Mutter hatte mich als Stiefsohn aufgenommen nach ihrer Heirat mit Dad. Wir dürfen alles miteinander machen, was wir wollen. Sogar Geschwister für Fabrizia, wenn die damit einverstanden ist, haha", bekräftigte er und strich zärtlich mit seiner Hand über Trixies Wange. Wischte ihre Bedenken fort und zog sie fest an sich. „Unsere gemeinsame Geschichte beginnt jetzt, Liebes."

*L*aden wir doch dein Schwesterchen mal zum Kaffee ein", schlug Ben vor, als Trixie ihm von ihrer überraschenden Entdeckung in der Wohnung einer Kundin erzählte. „Die würde ich auch gern mal kennenlernen. Wenn du mal verhindert bist als meine Begleiterin, darf sie gern einspringen, wenn sie dir wirklich so ähnlich sieht, wie du behauptest." Verschmitzt grinsend setzte er noch eins drauf: „Sogar im Bett meinetwegen, haha."

Ein heftiger Knuff in seine Seite mit Trixies Ellbogen ließ ihn sogleich zurückrudern: „Nein, an eine solch begabte Frau wie dich kommt keine andere heran, keine Sorge, Häschen. Höchstens, wenn sie sich in dem Weinfass versteckt."

„Bist ja heute wieder ein Spaßvogel", kommentierte Trixie. „Könntest auch als Komiker auftreten, wenn dir die Zauberkunststücke nicht mehr gelingen sollten. Sylvia, hm", überlegte sie. „Lassen wir doch auch Klaus beim Kaffeetrinken dabei sein, vielleicht gelingt es uns, aus den beiden ein Paar zu machen."

„Wir sollten sie aufeinander hetzen, meinst du wohl", meinte Ben und lachte.

∗∗∗

Eng umschlungen standen Trixie und Ben vor dem liebevoll gedeckten Gartentisch. Die Sonne strahlte mit

214

ihnen um die Wette, Klaus trat zu ihnen, und alle lauschten sie dem lauter werdenden Knirschen der Fahrradreifen über den Feldweg, der zur Villa führte. Gleichmäßig trat Sylvia, bekleidet mit einem hübschen Sommerkleid, in die Pedale.

„Puh", meinte sie, als sie das Fahrrad mit gekonntem Schwung abbremste und vom Sattel hinunter hüpfte. „Hallo erstmal", begrüßte sie Trixie mit einer kurzen Umarmung und gab anschließend Ben etwas zögerlich ihre Hand. „Sie müssen der berühmte Zauberer sein."

„Ich bin Ben", stellte der klar. „Stimmt schon, zaubern ist eines meiner Talente, haha."

„Mich hast du so gründlich verzaubert, dass ich niemals wieder in mein altes Leben zurückfinden werde", meinte Trixie und sah ihn liebevoll an.

„Und mich hat er verhext, ich greife jeden Tag erneut zu den Gartengeräten, um mit ihnen zu jonglieren", gab Klaus, der im Hintergrund stand, seinen Kommentar dazu ab und grinste.

„Ich bin Klaus", stellte er sich Sylvia dann vor. „Bens Gartenzüchtiger, haha." Neugierig ließ er seine Blicke über Sylvias Gestalt schweifen, und was er sah, schien ihm zu gefallen.

Hübsch sah die Frau aus, die Trixie als verhuschtes, graues Wesen in Erinnerung hatte. Ihre halblangen Haare wirkten frisch gewaschen und umgaben ihr dezent geschminktes Gesicht wie eine zarte rotblonde Wolke. Die Fingernägel hatte sie geschnitten und sorgfältig mit zartrosafarbenem Nagellack bestrichen. Die unvermeidliche Packung Zigaretten lugte zwar aus dem

Korb hervor, den sie nun vom Gepäckträger nahm und in dem Trixie mehrere sorgfältig verpackte Kuchenstücke erblickte, aber sie verzichtete zunächst darauf, zu rauchen.

„Ich hoffe, ihr mögt Bienenstich", erklärte Sylvia, hob ihr Mitbringsel vorsichtig aus dem Korb und stellte es auf den Tisch.

„Das wäre aber doch nicht nötig gewesen", meinte Ben verlegen. Er wusste, wie armselig Trixies Halbschwester hauste. Da ist sicherlich nur wenig Geld übrig, um teure Süßigkeiten beim Bäcker zu kaufen, dachte er sich, freute sich aber doch über diese Aufmerksamkeit.

Auch Fab gesellte sich zu den Erwachsenen und nannte die Fremde ‚Tante Sylvia'. Unbefangen, wie es ihre Art war, schnatterte das Mädchen die Besucherin voll, bis Trixie es für nötig hielt, Fabs Redefluss zu bremsen.

„Lass uns doch auch mal zu Wort kommen, liebe Fab", bat sie schließlich und zwinkerte dem Kind zu. „Tante Sylvia hat schon ganz rote Ohren vom Zuhören. Nun möchte sich auch Klaus gern mit ihr unterhalten."

„Du bist jünger als ich, du hast noch viel länger Zeit, dich mit dieser netten Frau zu unterhalten. Ich hingegen bin schon ein alter Mann, Fab", bei diesen Worten ließ Klaus seine Fingerknöchel knacken und grinste Sylvia schelmisch an.

„Ich bin auch eine alte Schachtel … Verzeihung, eine betagte Dame", meinte Sylvia lachend. „Du weißt schon, Fab, alte Leute haben sich immer viel zu erzählen, haha." Ihr verschmitztes Zwinkern schien Klaus endgültig für sie einzunehmen, und er rückte etwas näher an sie heran. Nun bildeten Ben mit Trixie und Klaus mit Sylvia zwei

Pärchen, und zwischen ihnen saß Fabrizia und hopste vergnügt auf und ab, den Mund voller Kuchen.

„Hehe", machte die Kleine, „jetzt sind's schon zwei Liebespaare! Darf ich bei beiden Hochzeiten die Brautjungfer spielen?", erkundigte sie sich und verschluckte sich, so sehr musste sie lachen.

***

Schon wenige Wochen darauf trugen Klaus und Sylvia jeweils einen Verlobungsring, den sie stolz jedem präsentierten.

„Wir haben uns gedacht, in der Hütte ist auf Dauer zu wenig Platz für uns beide", erklärte Klaus eines Tages, als sie alle beisammen auf der Terrasse saßen. „Es wäre doch sicherlich möglich, einen Anbau daneben zu errichten? Darin würden wir uns ein Schlafzimmer einrichten. Was sagst du dazu, Ben?", erkundigte Klaus sich. „Ist schließlich deine Hütte, und wir wollen nur mit deiner …, also, mit eurer Zustimmung bauen." Gespannt blickte er erst Ben, dann Trixie an.

Beide nickten. Nickten ein wenig zögernd.

Oh weia hoffte Trixie, hoffentlich buddelt Klaus nicht zu nahe am Fundament herum.

Oh weia, dachte Ben, wenn's blöd läuft, haben die beiden hier ein nettes Heim, aber Trixie und ich sehen die Welt durch Gitterstäbe.

*N*a, das klappt doch wunderbar!", lobte Fabrizia, als Trixie gekonnt mit mittlerweile drei Bällen jonglierte. „Sorry, wollte dich nicht ablenken", meinte sie dann und half, die Bälle wieder aufzusammeln, nachdem sie Trixie versehentlich aus den Händen geflogen waren.

„Wie ein Profi", ließ auch Ben sich vernehmen und deutete eine Verbeugung an. „Wirst mir noch die Show stehlen, Liebes. Vielleicht sollte ich dir auf der Bühne zunächst beide Hände absägen, was hältst du davon?" Grinsend nahm er sie in seine Arme und drückte ihr einen herzhaften Kuss auf den Mund.

„Auf der Bühne?", echote Trixie und schnappte nach Luft. „Da kriegt mich keiner rauf. Ich werde im Publikum sitzen, euch zuschauen und Beifall klatschen. Mehr ist nicht", meinte sie.

„Mehr ist nicht, haha", lachte Fab und warf ihrem Papa einen merkwürdigen Blick zu, bevor sie zu den Kopfhörern griff, die sie häufig trug, um die Welt um sich herum mit lauter Musik auszublenden.

Ist da was im Busch, bereiten die beiden gemeinsam eine kleine Gemeinheit für mich vor?, fragte sich Trixie, der ihr Blickwechsel nicht entgangen war. Am besten bleib ich zu Hause, dachte sie. Verkrümel mich auf dem Sofa und weigere mich, die beiden zu begleiten.

Als habe er ihre Gedanken gelesen, machte Ben eine Ansage: „Morgen gleich nach dem Aufstehen ist

Abmarsch um sieben Uhr, und das gilt für uns alle. Auch für Sie, wehrte Frau Haase", bekräftigte er und fuhr fort: „Also, noch heute packt jeder von uns eine Reisetasche. Ich für zwölf Tage, ihr jeweils für zwei Tage, denn ihr fahrt ja nach der Vorstellung am kommenden Wochenende schon zurück. Kein Widerrede!", nahm er Trixie den Wind aus den Segeln, denn er sah, wie sie bereits ihren Mund öffnete. „Doch nicht immer so ängstlich, liebes Häschen", machte er ihr Mut. „Dich beißt schon keiner, und wirklich verstümmelt wird auch niemand in dem Weinfass. Beruht alles auf Tricks, wie du weißt. Magie ist alles, ohne ..."

„Ohne Magie ist alles nichts", stimmten Fab und Trixie im Chor mit ein.

„Wenn eine kleine Göre wie ich das schafft, wird es einer ausgewachsenen Frau wie dir doch wohl auch möglich sein", gab Fab naseweis ihren Kommentar dazu ab. „Musst ja auch lediglich ein bisschen jonglieren." Bei diesen Worten zwinkerte sie Ben vergnügt zu, und Trixie hatte den Eindruck, dass den beiden heute der Schalk ganz besonders im Nacken säße.

„Zieh dir bitte KEIN Kleid und KEINEN Rock an," befahlt Ben mit ernsthafter Miene. „Du natürlich auch nicht", wandte er sich dann an seine Tochter. „Könnte sonst lästig sein während der Vorstellung."

Mein schönes, elegantes Kleid, dachte Trixie und sprach dann das aus, was sie bewegte: „Schade, in Hose, T-Shirt und Sneakers laufe ich doch hier dauernd herum, warum darf ich nicht wenigstens auf der Bühne hübsch aussehen? Was sollen denn die Zuschauer denken, wenn ich als Bauerntrampel auftrete?" Missmutig krauste sie die Stirn.

„Du kannst jonglieren, Trixie, und du wirst jonglieren. Auch Sportlerinnen tragen bei ihren Auftritten praktische Kleidung", bestimmte Ben. „Oder kannst du dir eine Frau vorstellen, die in einem wehenden Kleid Weitsprung durchführt?"

„Okay, hast mich überredet, großer Magier", murrte Trixie und rollte genervt mit ihren Augen. „Aber im Auto ist es mir doch hoffentlich erlaubt, mein extra für diesen Ausflug gekauftes Sommerkleid zu tragen?"

„Klar. Meinetwegen auch Stöckelschuhe", antwortete Ben gnädig und grinste verschmitzt, wohl wissend, dass Trixie sich niemals in hochhackiges Schuhwerk hinein zwängen würde.

„Wir werden doch sowieso in Lametta-Klamotten gesteckt, damit wir auf der Bühne wirkungsvoll glitzern", steuerte Fab ihre bisherigen Kenntnisse über Showauftritte bei. „Blitzi blitzi!", meinte sie übermütig und widmete sich dann den schrägen Tönen, die aus ihren Kopfhörern drangen.

*D*er große Tag war rasch näher gerückt, und Trixie mochte es kaum glauben, dass sie nun an der Seite eines berühmten Magiers auf dem Weg zu dessen Show war. Sie saß auf dem Beifahrersitz, Fab lag auf der Rückbank und hörte über Kopfhörer Musik, und Ben steuerte den Van. Im Kofferraum befanden sich, wie vereinbart, drei vollgepackte Reisetaschen

Die Zauber-Requisiten sowie das große Weinfass, das ein Fassungsvermögen von neunhundert Litern hatte und ausreichend Platz für die von Ben vorgesehenen Tricks bot, würden natürlich rechtzeitig am jeweiligen Veranstaltungsort eintreffen und wären pünktlich zum Showbeginn aufgebaut. Alles war perfekt organisiert, und eine passende Unterkunft für Ben, Trixie und Fab war auch gebucht.

„Stuttgart, wir kommen!", trällerte Ben und legte kurz seine Hand auf Trixies Unterarm. „Lasst euch verzaubern, ihr Massen, haha," setzte er noch eins drauf und zwinkerte Trixie vergnügt zu, bevor er sich wieder auf den Straßenverkehr konzentrierte.

Am liebsten fuhr Ben selbst mit seinem Auto zu den Städten, in denen er auftrat; mit dem Zug oder gar einem Flugzeug zu reisen lehnte er ab. Neuerdings vertraute er auch Trixie das Lenkrad an, umsichtig, wie sie fuhr. Besser zehn Minuten später als gar nicht mehr ankommen, das war ihr Motto, und Ben war derselben Ansicht.

„Noch fünfzig Kilometer", las sie von dem Schild an der Autobahn ab.

„Noch dreißig Kilometer, dann sind wir da", meinte Ben kurz darauf.

„Noch zwanzig, ätsch", schaltete Fab sich bald ein, und bei jedem Schild, an dem sie vorüberkamen, riefen jetzt sie einander die noch verbleibende Entfernung zu. Endlich waren sie da und parkten den Van.

Alle erschöpft von der Fahrt, befreiten sie sich schließlich von den Sicherheitsgurten, stiegen aus, reckten sich ausgiebig und blinzelten gähnend in die Sonne, die schon hoch oben am Himmel stand.

„Einchecken, Mittagspause", schlug Ben vor, und seine beiden Begleiterinnen trippelten wie im Gänsemarsch hinter ihm entlang zum Hotel.

***

Die Vorstellung begann. Ein lauter TUSCH erklang, und Trixie spürte, wie Fabrizia sie an ihrem langen, golden glitzernden Ärmel hinter sich her zog und ihr dabei beschwörend zuflüsterte: "Ich zuerst, du dahinter. Los geht's!"

Im nächsten Moment wirbelte das Mädchen wie eine silbern glitzernde Wolke in seinem Bühnenoutfit über die Bretter, und Trixie bemühte sich darum, Fab möglichst eleganten Schrittes zu folgen. Kaum in der Mitte der Bühne angekommen, begann Fabrizia mit geübtem Schwung, mehrere Keulen in die Luft zu werfen und mit ihnen zu jonglieren.

Angesteckt von dem spürbaren Spaß des Mädchens an seinem Auftritt, legte auch Trixie ein wenig zeitverzögert los. Zunächst noch unsicher, wurden ihre eigenen Bewegungen allmählich immer routinierter, bis auch sie wie selbstverständlich gleich fünf Bälle abwechselnd hochwarf, wieder auffing, erneut hochwarf, mit ihren Fingern ergriff ... Als ob ich im Zirkus großgeworden sei, dachte Trixie und war stolz auf sich. Wurde immer selbstsicherer und empfand Freude am Jonglieren.

Kaum bemerkte sie, wie Fab die letzte Keule auffing und Applaus aufbrandete, da wollte auch sie so elegant wie möglich den letzten der fünf durch die Luft fliegenden Bälle erhaschen und sich gleich Fab verbeugen, doch der Ball entglitt ihren Fingern, plumpste auf den Bretterboden der Bühne und rollte davon unter den Vorhang an der Seite.

„Liegen lassen", raunte Fab Trixie zu. „Hinter den Vorhang", forderte sie dann und deutete mit ihrem Kopf kurz auf den Bereich hinter den Kulissen, in dem sich die Künstler ungesehen vom Publikum kurz verschnaufen und gegebenenfalls ein anderes Kostüm anziehen konnten.

Dort warteten schon ein Glas erfrischende Limonade und ein Schokoriegel auf Trixie, außerdem der von ihrer Darbietung sichtlich begeisterte Ben.

„Großartig, Liebes", raunte er und drückte sie innig an sich. „Weiter so."

Als Trixie nun zaghaft einen Blick durch den spaltbreit geöffneten Vorhang warf, sah sie, wie Fabrizia inzwischen brennende Fackeln geschickt handhabe. Ben schien den Fähigkeiten seiner Tochter mittlerweile vollkommen zu vertrauen, und Trixie erkannte an seinen Augen, wie sehr er Fab als Künstlerin wertschätzte. Keine Angst vor einem grässlichen Unfall mit den feuerspeienden Fackeln war ihm anzumerken, seine Miene drückte nur unbändigen Stolz aus. Als seine Tochter ihre Nummer beendet hatte, klatschte wohl niemand inbrünstiger Beifall als Ben.

Nein, an brennende Fackeln werde ich mich nicht herantrauen. Niemals!, schwor Trixie sich. Höchstens mit Keulen könnte ich mal mein Glück versuchen. Heute nicht, sondern nächstes Mal, beruhigte sie ihr Gewissen. Muss es ja nicht gleich übertreiben ...

Verschwitzt traf nun auch Fab im Backstage-Bereich ein, trank wie ein gieriger Bulle ein großes Glas Limonade in einem Rutsch aus, rülpste mit verlegenem Gesicht und gab dann bekannt: „Gleich musst du in das Weinfass steigen, Trixie. Denn bald beginnt Papas Nummer mit mir, seiner faulen Tochter, die keine Lust auf Schule hat und sich lieber von ihm zersägen lässt. Kommt immer gut bei den Leuten an, besonders bei Familien mit Kindern." Sie grinste verschmitzt über beide Backen und goss sich eine weitere Portion Limonade ins Glas.

Wie vom Donner gerührt stand Trixie neben dem Mädchen und dachte, sie habe nicht recht gehört. Ins Weinfass klettern sollte sie? Nein, also, das geht ja gar nicht, versuchte ihr Gehirn diese Idee abzuwehren. Das war nicht abgesprochen. Ich sollte doch nur jonglieren!

„Doch, das geht", hörte sie Bens Stimme neben sich. Der kann wirklich Gedanken lesen, dachte sie.

„Magie ist alles ...", begann er auch schon, während er ihr einen verschmitzten Blick zuwarf. „Ohne ..."

„Klappe halten, großer Frangipani", bremste Trixie ihn. „Mach mich nicht verrückt!" Zärtlich knuffte sie ihn in die Seite. „Aber für die Aktion mit dem Weinfass bin ich zu alt, zu ungelenkig, zu …"

„Zu stur", vollendete Ben ihre Aufzählung.

Stumm nickte sie. Überlegte noch kurz und stimmte dann doch seinem Plan zu, bei der Fass-Nummer eine Rolle zu spielen.

***

Nur Minuten später steckte Trixie, auf dem Rücken liegend, beide Beine angewinkelt und ihre nackten Füße durch eine Öffnung im Fass nach draußen geschoben, unten im Weinfass und harrte der Dinge, die sie gleich erleben würde.

Sie bemerkte, wie das auf seiner Breitseite liegende ovale Fass behutsam auf die Bühne gebracht und abgesetzt wurde. Ein wenig wackelte es noch hin und her, dann lag es still. Trixie lauschte angestrengt auf die Geräusche außerhalb der schwach nach Wein duftenden schummerigen Höhle im Fass.

Ein durchdringender Trommelwirbel ertönte, dann kündigte Ben an, er werde nun sein widerspenstiges Töchterlein zur Strafe dafür, dass es keine Hausaufgaben machen wolle, ins Fass sperren und zersägen. Trixie vernahm Gelächter und ein leises Raunen aus dem Publikum, als Fab direkt über ihr in die zweite Ebene des präparierten Fasses hineinkroch und sich dort zusammenrollte. Nur Kopf und Hände des Mädchens wären außerhalb des Fasses noch zu sehen, hatte Ben ihr erläutert; ihr Körper sei vor der Säge geschützt sicher in dem Kasten mit doppeltem Boden untergebracht. Natürlich würde Fab ein gequältes Stöhnen von sich geben, sobald die Säge sich durch das Holz hindurchfräße.

„Irgendwie muss ich das Publikum in Unruhe versetzen, damit es anschließend erleichtert wieder aufatmen kann", hatte er erklärt. „Die wissen ja eigentlich, dass es sich nur um einen Trick handelt, aber ein wenig Nervenkitzel muss sein, haha."

„Stell doch einfach mal ein Rettungsfahrzeug mit eingeschaltetem Blaulicht draußen vor das Gebäude und kündige an, dass Fab darin in die Notaufnahme gebracht werden wird nach der Vorstellung", hatte Trixie scherzhaft vorgeschlagen. „Das würde es noch authentischer machen."

Tatsächlich machte Ben sich nun mit einer Säge am Fass zu schaffen, begann in einer vorgesägten Rille im Holz das Sägeblatt hin und her zu bewegen und langsam immer tiefer durchs Holz zu fahren.

Wenn Trixie nicht gewusst hätte, dass Fabs Stöhnen nur gespielt war, sie hätte entsetzt aufgeschrien bei den grässlichen Geräuschen, die das Kind von sich gab. „Hilfe, Papa ... Hör auf, hör BITTE auf!", flehte Fab, und ihre Stimme klang schmerzverzerrt. „Es tut so weh! Ich werde auch sofort meine Hausaufgaben machen", schwor sie und schluchzte vernehmlich auf. „Ich erledige die Aufgaben von vorgestern, von gestern, von heute und die von ... AUA ... die von morgen." Dann verstummte das Mädchen, da es vermeintlich ohnmächtig geworden war.

Alles nur Show, dachte Trixie, entspannte sich ein wenig und dachte an ihre bloßen Füßen, die aus dem Fass herausschauten. Ist doch gar nicht so übel, da mitzumachen. Nun weiß ich auch, dass ich mit einem Kleid schlechter ins Fass gekommen wäre - deshalb also soll ich eine Hose tragen.

Über ihr rumpelte es plötzlich, und, wie vorher einstudiert, rutschte Fabrizia durch eine breite Öffnung im Inneren des Fasses nach unten, während Trixie durch dieselbe Öffnung hinauf kroch und Kopf und Hände durch die Löcher im Fass schob, so dass die Zuschauer sie gleich sehen würden. Der Austausch der beiden Assistentinnen Bens war vollendet. Die Illusion wäre perfekt.

***

Ein weiterer Trommelwirbel; Bens tiefe Stimme erhob sich über Trixies Haupt: „Und nun, meine verehrten Damen und Herren, werde ich mein armes Töchterlein befreien. Vielleicht lebt die Kleine noch, was glauben Sie?"

Über Trixie war es dunkel geworden, denn Ben hatte vor dem Austausch der Plätze bereits ein tiefrotes, seidig schimmerndes Tuch über alles geworfen. Sie vernahm Bens unverständliches Gemurmel – seine merkwürdigen Zaubersprüche, erinnerte sie sich - , sie konnte das Sprühen der Funken einer Wunderkerze erkennen, die Ben über dem Tuch hin und her schwenkte, dann zog Ben mit einer raschen Bewegung das Tuch herunter und präsentierte mit weit ausgestrecktem Arm das Weinfass.

„Ups", machte er und schnappte nach Luft. „Da habe ich wohl aus Versehen nicht mein Töchterlein, sondern die Mama zersägt ... und die Tochter fortgezaubert", beendete er den Satz zerknirscht und tat so, als würde er nach Fabrizia suchen. Er wandte sich dem Publikum zu: „Oder ist sie in eine der Sitzreihen geflüchtet? Würde ihr ähnlich sehen."

Die Leute fingen an zu kichern, und als Ben dann noch das auf dem Boden liegende Tuch lüpfte und es ausschüttelte, brachen sie in Gelächter aus und applaudierten begeistert.

„Na gut", meinte Ben und hob den Deckel des Weinfasses dort an, wo Fabrizia hineingeklettert war, „dann lasse ich eben die Mama frei. Trixie!", verkündete er. „Würdest du bitte versuchen, das arme Kind herbei zu zaubern? Vor mir ist es offenbar geflohen." Er halft Trixie dabei, aus dem Fass heraus zu steigen.

Sie blieb neben ihm stehen, zog einen flachen Pfefferstreuer aus einer von ihrem glitzernden Oberteil verdeckten Gürteltasche heraus, stellte sich in Positur und begann, den Streuer über dem Fass zu schütteln, so dass gut sichtbar viele kleine Streusel herausrieselten und sich auf Fass und Fußboden verteilten.

„Sie will zurückkehren. Noch ein wenig Pfeffer, dann fällt es ihr leichter", verkündete Trixie mit lauter Stimme und schüttelte den Pfefferstreuer noch heftiger.

„Ich glaube, gleich ist er leer", stoppte Ben ihre eifrigen Bewegungen und bückte sich scheinbar erschrocken nach vorn. „Oh nein, da tropft ja Blut heraus", er deutete mit seinem Zeigefinger auf rote Farbe, die sich unter dem Fass zu einer Lache ausbreitete. „Mein armes Kind, was hab ich getan?", schluchzte er auf und wischte sich abwechselnd mit seinen Händen über beide Wangen. „Es war noch so jung."

Scheinbar gramgebeugt schlurfte er einmal um das Weinfass herum, dann hielt er inne. „Bitte öffne das elende Gefäß und hilf mir, die Überreste meines Kindes zu entsorgen."

„Überraschung", jubelte Fabrizia da, streckte ihren Kopf ins Freie, sprang beim Öffnen des Fasses quicklebendig heraus und führte ein kleines Tänzchen auf. Während Trixie mit ihrem Herumfuchteln die Zuschauer erfolgreich abgelenkt hatte, war das Mädchen unbemerkt zurück in seine ursprüngliche Position gerutscht.

Trick gelungen, ging es Trixie durch den Kopf, und unwillkürlich wischte sie sich verstohlen den Schweiß von der Stirn.

Die größte Überraschung stand ihr jedoch noch bevor. Fabs leuchtende Augen und Bens angespannte Miene hätten ihr zu denken geben können, doch sie war noch zu sehr erfüllt vom Gelingen des Zauberkunststücks, an dem sie erfolgreich mitgewirkt hatte.

***

„Das gerade eben war großartig", begann Ben eine kleine Ansprache, und die Zuschauer lauschten neugierig seinen Worten. „Das größte Ereignis am heutigen Tag aber bist du, liebste Trixie", fuhr er fort, und Trixie hörte ein leichtes Zittern in seiner Stimme. „Möchtest du in Zukunft mehr als nur meine Assistentin auf den Brettern der Welt, wie man sie nennt, sein? Magst du die Bühne meines Lebens mit mir und Fabrizia gemeinsam betreten?" Gespannt sah er ihr in die Augen. „Als Fabs Mama habe ich dich ja schon bezeichnet", flüsterte er ihr ins Ohr.

Das Publikum verhielt sich still; man hätte die berühmte Stecknadel in einen Heuhaufen fallen hören können.

„Ja!", stieß Trixie aus. „Ja, Ben, ich will." Sie umarmten einander innig, und Fabrizia gesellte sich als Dritte im Bunde zu ihnen.

Beifall brandete auf, und das Jubeln der begeisterten Zuschauer schien sich zu einer gewaltigen Woge aufzubauen und den gesamten Raum auszufüllen. „Bravo", riefen Männer, Frauen und Kinder auf den Sitzplätzen und trampelten euphorisch mit ihren Füßen.

Die beiden Gäste, die händchenhaltend nach der Vorstellung vor dem Gebäude warteten, vervollständigten das Glück der kleinen Familie.

„Klaus!", jubelte Trixie und schoss auf den Gärtner zu, der neben einer attraktiven Frau mit rotblonden Haaren stand. Ihre Kundin Sylvia war kaum wiederzuerkennen.

„Meine Zukünftige", Klaus zog seine Begleiterin liebevoll an sich. „Sie ist ein ebenso großer Fan von dir wie ich, Ben."

„Du siehst, von dem geht keine Gefahr aus", raunte Trixie Ben zu. „Hast dich manchmal recht lächerlich aufgeführt, haha." Zärtlich drückte sie ihn an sich.

„Männer eben", meinte Fab altklug und lachte über Bens betretenes Gesicht.

*N*och eine", stöhnte Ben und verfolgte, wie eine hagere Frau sich ihm über den Weg in seinem Garten näherte. Den schlanken Leib bekleidet mit eleganter Garderobe, an mehreren Fingern große Kluncker und auf dem Kopf einen riesigen Hut mit künstlichem Obst darauf, blieb die Fremde schließlich vor ihm stehen.

Der unnatürlich volle Mund mit den grellrot angemalten Lippen öffnete sich, um Worte auszustoßen. Aufgeblasen wie ein Fahrradschlauch, dachte Ben bei diesem Anblick und musste sich ein amüsiertes Lachen verbeißen.

„Wohnt hier Wilhelm von Münde?", erkundigte sich die Fremde mit brüchiger Greisenstimme.

WIE hat der Kerl sich diesmal genannt?, fragte sich Trixie, die neben Ben getreten war, und dachte: Das ist bestimmt wieder eine der Witwen, die Fritz vielleicht beerben könnte, wenn er nicht unter der Hütte dort liegen würde.

Sie warf kurz einen Blick zur Gartenhütte hinüber und meinte, vor ihrem inneren Auge wieder zu sehen, wie die Überreste des Mannes aus der Kühltruhe von ihnen im Betonfundament untergebracht worden waren.

„So, so, Wilhelm von Münde also", murmelte Ben. „Nee, so einen Typen haben wir hier nicht, hier wohnen nur anständige Leute."

Als habe er in ein Wespennest gestochen, schoss die Dürre auf ihn los. „Mein Wilhelm war ein tugendhafter

231

Mensch", fauchte sie und rückte den bei ihrer heftigen Bewegung verschobenen Hut auf ihrem Kopf wieder zurecht. „Von vielen wurde er ‚Willy' genannt, wie primitiv in seiner Position, nicht wahr?", geiferte sie. „Er war ein hochangesehener Mann und stammte aus Adelskreisen. Aber wozu erzähle ich Ihnen das, Sie haben doch wohl ohnehin keine Ahnung davon." Ihre verächtlichen Blicke streiften Trixie, die sich auf die Tischkante lümmelte und die Fremde neugierig anstarrte. Sie war in schlichte Kleidung gehüllt und hielt eine Gartenschere in der Hand, um Klaus gleich beim Pflanzen eines Rosenbusches zu helfen.

„Wie kommen Sie auf die Idee, Ihr Willy ... Ähm, Ihr Wilhelm sei hier zu finden?, fragte Trixie und fuchtelte ungehalten mit der Schere in der Luft herum.

„Ich möchte mich nicht mit Ihrem Faktotum unterhalten, werter Herr", ging die Fremde über Trixies Frage hinweg und schnappte: „Würden Sie wohl Ihre Frau Gärtnerin bitten, uns allein zu lassen? Es ist unverschämt, wie das Personal sich heutzutage benimmt. So etwas hätte mein Wilhelm niemals durchgehen lassen."

„Erstens", Trixie hob ihre Hand und streckte ihren Daumen aus, „heiße ich nicht ‚Frau Gärtnerin'. Zweitens", sie streckte ihren Zeigefinger aus, „gehöre ich nicht zum Personal. Drittens", der Mittelfinger wurde hochgestreckt, „behandelt man heutzutage auch jemandem vom ‚Personal', wie Sie die Menschen bezeichnen, die Hilfsleistungen im Haushalt erbringen und sich meist für wenig Geld Rückenschmerzen einhandeln, also auch diese Leute werden nicht mehr wie Leibeigene oder wie Dreck behandelt." Trixie verstummte, richtete sich zu voller Größe auf und bedachte die Fremde mit einem eisigen Blick. „Ich bleibe hier; es sei denn, der Hausherr hat etwas dagegen." Sie warf Ben einen kurzen Blick zu.

Er nickte. „Du bleibst selbstverständlich dort, wo du hingehörst: an meiner Seite."

Die Fremde spürte, sie hatte sich keine Freunde gemacht in den vergangenen Minuten. Ihre Stimme zu einem Flüstern gesenkt, raunte sie: „Mein Wilhelm war ein wahrhaft ehrenwerter Mann mit einem Doktortitel. Großzügig, wie er war, bestand er nicht darauf, damit angesprochen zu werden. Nein, er stand sich gut mit allen Menschen. Selbst einfache Arbeiter hatten in seiner Nähe den Eindruck, ebenbürtig mit ihm zu sein. Noch mit dem einfachsten Gemüt plauderte er unbefangen, obwohl das unter seinem Stand war. Finden Sie nicht auch?", versuchte sie, Ben auf ihre Seite zu ziehen.

Eifrig erklärte sie nun Ben ihr Anliegen, das sich von dem der anderen Witwe kaum unterschied. Lediglich einen anderen Namen hatte Fritz verwendet. Ansonsten war er nach bewährter Art vorgegangen: Prinz Charming spielen, Liebe vortäuschen, heiraten, die Gute um die Ecke bringen, sie beerben. Er hatte sich die Leichtgläubigkeit dieser Frauen zunutze gemacht.

Trixie schien die ganze Zeit hindurch Luft für die Fremde zu sein, obwohl sie unmittelbar daneben stand und zuhörte.

Für die bin ich unsichtbar. Durchsichtig wie eine frisch geputzte Glasscheibe, dachte Trixie und musterte die Frau verdrossen. Was willst du lächerliche Ziege von Ben …

von uns?, hätte sie die andere am liebsten angefaucht. Dein Willy, oder Wilhelm, wie du ihn nennst, oder Fritz oder – wie hat Sylvia ihn genannt? Hans?, überlegte Trixie -, jedenfalls dieser unselige alte Bock, der offenbar jede Frau beglückt hat, die er rumkriegen konnte, der ist längst vermodert. Zumindest ist nicht mehr allzu viel von dem übrig, wenn ich an das knochige Gestell denke, mit dem wir einen Teil des Fundaments gefüllt haben. Falls du den in deinem Testament als Erben einsetzen willst: nur zu. Der wird nichts mehr von deinem Geld haben wollen. Kannst dich also getrost wieder vom Acker machen. Sonst … Trixie warf Ben einen flüchtigen Blick zu.

Seiner Miene nach machte Ben sich ganz ähnliche Gedanken. Auch in seinen Augen sah Trixie einen nachdenklichen Ausdruck.

Ohne, dass die Frau etwas davon mitbekam, verständigten sich Ben und Trixie stumm miteinander, indem sie beide zu der Dachbox hinüberschauten, die seit Fabs Befreiungsaktion immer noch an der Hauswand lag. Noch hatten sie nicht die Zeit gefunden, die Box im Keller zu verstauen, aber … Vielleicht würde sie demnächst noch einmal, ein LETZTES MAL, Verwendung finden.

Bens formte mit seinem Mund stumm das Wort ‚Müllkippe' und nickte Trixie zu.

Trixies machte verstohlen eine Geste, als würde sie aus einer Flasche trinken, und Ben begriff, sie meinte das Fläschchen mit dem tödlichen Gift darin, das er einst im Keller entdeckt hatte. Das Geheimnis, das Fritz schließlich sein Leben gekostet hatte. Eine Überdosis würde auch dem Dasein dieser penetranten Person hier ein Ende bereiten.

Auf Bens Gesicht erschien ein Lächeln, als er mit honigsüßer Stimme zu der Fremden sagte: „Sie haben bestimmt einen langen Anfahrtsweg hinter sich gebracht und sind erschöpft. Bald wird es dunkel. Machen Sie es sich doch in meinem Gästezimmer bequem, schlafen Sie erst einmal aus, und morgen sieht die Welt schon ganz anders aus. GANZ ANDERS", wiederholte er.

„Sie werden sehen", setzte Trixie hinzu. „Bald müssen Sie sich keine Sorgen mehr machen … Vertrauen Sie uns einfach. Mein Werbeslogan lautet nicht umsonst: ‚Haase-Entrümpelung, wir räumen Ihr Leben auf'.